WLADIMIR KAMINER
Die Kreuzfahrer

Lesen erleben

Wladimir Kaminer

Die Kreuzfahrer

Eine Reise in vier Kapiteln

Teneriffa – Barcelona – Miami – Katakolon – Santorin – Athen – Warnemünde – Tallinn – St. Petersburg – Helsinki – Stockholm – Punta Cana – Aruba – Curaçao – Bonaire – Grenada – Barbados – St. Lucia – Guadeloupe – Antigua

GOLDMANN

Die Originalausgabe erschien 2018 im Wunderraum Verlag
Wunderraum-Bücher erscheinen im Wilhelm Goldmann Verlag, München,
einem Unternehmen der Random House GmbH.

Sollte diese Publikation Links auf Webseiten Dritter enthalten, so
übernehmen wir für deren Inhalte keine Haftung, da wir uns diese nicht
zu eigen machen, sondern lediglich auf deren Stand zum Zeitpunkt der
Erstveröffentlichung verweisen.

Dieses Buch ist auch als E-Book erhältlich

Verlagsgruppe Random House FSC® N001967

1. Auflage
Taschenbuchausgabe Februar 2020
Copyright © 2018 by Wladimir Kaminer
Copyright © dieser Ausgabe 2018
by Wilhelm Goldmann Verlag, München,
in der Verlagsgruppe Random House GmbH,
Neumarkter Str. 28, 81673 München
Umschlaggestaltung: UNO Werbeagentur, München,
nach der Konzeption von buxdesign | München
Umschlagillustration: shutterstock/rtguest
Vignetten im Innenteil: shutterstock/Happy Art
AB · Herstellung: kw
Satz: Buch-Werkstatt GmbH, Bad Aibling
Druck und Bindung: GGP Media GmbH, Pößneck
Printed in Germany
ISBN: 978-3-442-48980-0

www.goldmann-verlag.de
Besuchen Sie den Goldmann Verlag im Netz

Inhalt

KAPITEL 1
Die Atlantiküberquerung
Teneriffa – Barcelona – Miami

KAPITEL 2
Die Mittelmeerkreuzfahrt
Katakolon – Santorin – Athen

KAPITEL 3
Die Ostseereise
Warnemünde – Tallinn – St. Petersburg –
Helsinki – Stockholm

KAPITEL 4
Die Karibikkreuzfahrt
Punta Cana – Aruba – Curaçao –
Bonaire – Grenada – Barbados –
St. Lucia – Guadeloupe – Antigua

Epilog

KAPITEL 1

Die Atlantiküberquerung

Teneriffa – Barcelona – Miami

Teneriffa

Dieses Mal hatten wir auf Teneriffa Glück mit dem Wetter. Jeden Tag schien die Sonne, und gleich nach dem Frühstück saßen wir am Ufer und beobachteten, wie schnell die Finnen rot wurden. Auch Engländer wurden schnell rot, doch bei ihnen stach es nicht so ins Auge, weil sie in der Regel viele Tattoos hatten. Manche hatten sich die Symbole ihrer Heimat eintätowieren lassen und trugen die britische Flagge und die Königin auf ihrer Schulter. Andere hatten lange Texte auf dem Rücken, damit ihre Frauen und Kinder unterwegs immer etwas zu lesen hatten.

Urlaub auf Teneriffa bietet eine besondere Art der Langeweile. Die Tage vergehen hier wie im Flug, Frühstück, Kaffee und Abendessen werden zu den wichtigsten Erlebnissen des Tages, und täglich grüßt der Hoteldirektor im roten Anzug bei seinem morgendlichen Spaziergang durch die Anlage.

Die meisten Restaurants in unserem Ort trugen pathetische Namen, die auf eine imperiale Vergangenheit deuteten, und lockten mit ausgefallenen Spezialitäten. Das *British Empire* bot »heißes schottisches Ei in indischer Curry-Hülle« an, das *Imperial Tai-Pan* kochte pan-asiatisch: japanische Teigtaschen

Die Atlantiküberquerung

mit chinesischer Füllung und thailändischen Soßen. Nur das deutsche Wirtshaus hatte keine imperialen Ansprüche und warb bescheiden mit einer großen weißen Wurst aus Plastik, die vor der Tür im Wind flatterte wie ein Segel ohne Schiff.

Im *British Empire* sprachen alle Mitarbeiter gut Russisch, sie kamen aus Litauen. Meine Frau hatte lange in dieser ehemaligen sowjetischen Republik gelebt, und wir haben einander gut verstanden. Beim Italiener *Das alte Rom* arbeiteten Kubaner, und in dem asiatischen Restaurant haben wir eine exotische Migrantengruppe – Mongolen – kennengelernt. Auch sie konnten noch Russisch.

Abends lockten die Lokale mit Livemusik. Die meisten Sänger kamen von weit her, sangen aber nicht viel besser als die Touristen. Überhaupt war diese spanische Insel ein erstaunlich klares Abbild unserer Realität: Alle Menschen um uns herum waren geflüchtet – entweder vor dem schlechten Wetter oder weil sie mit ihren Heimatländern grundsätzlich unzufrieden waren. Alle suchten ihr Glück anderswo. Die einen fuhren weg, um sich von den Strapazen des Festlandes zu erholen, und die anderen, um etwas zu verdienen oder um zu überleben. Abends saßen sie vor den Lokalen in der untergehenden Sonne und gaben zusammen im Chor einen kollektiven Frank Sinatra ab: »I did it my waaa-y!«, schmetterten sie, alle kannten den Text. Jeden Samstag kamen neue Musiker und neue Touristen, nur das Meer und die Wellen blieben die gleichen wie vor hundert Jahren.

Teneriffa

Olga und ich beobachteten, wie unterschiedlich sich die Einwohner der Vereinigten Staaten von Europa anzogen, wenn sie an den Strand gingen. Die Kinder des Südens trugen modische Badeanzüge, die Frauen hatten Badetaschen und Hüte, manche schleppten sogar Sonnenschirme mit, sie gönnten sich ihren eigenen tragbaren Schatten. Ihre Männer hatten bunte Hemden und Sonnenbrillen. Bei den Kindern des Nordens ließ es sich nicht immer feststellen, ob sie unter der dicken Schicht Sonnencreme 50+ überhaupt noch etwas anhatten. Viele sahen aus wie Stückchen von Eiscreme, die geschmolzen in den Sand gefallen waren.

Die Russen trugen Ketten. Breite, dicke goldene Halsketten – Männer wie Frauen. Bestimmt litten sie darunter, denn die Ketten waren schwer und wurden in der Sonne schnell zu Brenneisen. Aber die Russen hielten durch, sie legten ihre Ketten niemals ab. Bereits Marx und Engels hatten in ihrem »Kommunistischen Manifest« die Proletarier angespornt, sie hätten nichts zu verlieren, außer ihren Ketten. Seit der Großen Oktoberrevolution passen die Russen auf ihre Ketten auf, sie wollen sie auf keinen Fall verlieren. Das machte ihnen das Schwimmen allerdings schwer. Die meisten gingen daher nur bis zur Kette ins Wasser und sofort wieder zurück. Junge Leute trugen diesen Schmuck nicht. Sie wirkten wie von der Kette gerissen, liefen am Strand hin und her, spielten Ball, sprangen ins Wasser und kämpften sich den Wellen entgegen – man merkte ihnen an, dass sie überhaupt keinen Halt mehr hatten.

Die Atlantiküberquerung

Meine Frau ist ein Kind des Nordens, sie kann Kälte nicht leiden und friert schon beim leisesten Wind. Aber auch Sonne kann sie nicht ertragen, ihre Haut reagiert allergisch auf Sonnenstrahlen. Deswegen verbrachten wir die meiste Zeit unseres Urlaubs an der Bar. Abends gingen wir auf der Promenade spazieren, vorbei an den Ständen mit Karikaturisten, die für ihre Kunst mit lustigen Bildern berühmter Politiker warben. Jeder Zeichner hatte einen bösen Putin mit gefährlichen Raketen, die ihm statt einer Krawatte um den Hals gebunden waren, einen Trump mit einem toten Eichhörnchen auf dem Kopf, einen Obama mit unnatürlichem Riesenlächeln, sie hatten den traurigen Franzosen Hollande, sogar den unberechenbaren Berlusconi aus der Vorjahreskollektion. Nur Frau Merkel war bei keinem Karikaturisten zu sehen, nirgends. Wir suchten die ganze Promenade nach einem Porträt von ihr ab, aber von keinem wurde Frau Merkel verspottet. Vielleicht hatten die Karikaturisten vor der deutschen Kanzlerin so viel Respekt, dass sie die Frau nicht verspotten wollten? Doch nicht etwa wegen ihrer Flüchtlingspolitik?, überlegten wir. Vielleicht waren die Zeichner selbst von weit her geflüchtet?

Neben den Karikaturisten verkauften dunkelhäutige Männer sehr günstig Luis-Vitton-Frauentaschen und andere Markenartikel, asiatische Frauen handelten mit akkubetriebenen Plüschtieren – bellende Katzen und grunzende Tiger, die sie jedem vorbeigehenden Kind unter die Füße warfen. Das Kind

Teneriffa

stolperte und fiel vor Begeisterung beinahe um, und schon mussten die Eltern den Quatsch kaufen. Gott sei Dank sind unsere Kinder erwachsen, dachten wir und machten um die bellenden Katzen einen großen Bogen.

Wir wussten, worauf unsere Kinder Lust hatten. Für unsere Tochter hatten wir gleich am ersten Tag einem Althippie am Strand ein romantisches Armband abgekauft. Bei unserem Sohn war es etwas komplizierter. Jungs nehmen ihr Aussehen heutzutage sehr ernst, ernster als Mädchen. Bei der Mode hört der Spaß auf. Und sie legen großen Wert auf Markenartikel. Sebastian hatte bei uns eine schwarze Mütze von Ralph Lauren bestellt. Seine Lieblingsmütze mit dem kleinen Reiter darauf war aus Versehen bei zu hoher Temperatur gewaschen worden und hatte ihre Kopfform verloren. Sie sah aus, als würde man ein Rührei auf dem Kopf tragen.

In dem teuren Modegeschäft, in dem wir Ersatz für das Rührei suchten, begrüßte uns die Verkäuferin äußerst herzlich. Sie hatte uns sofort als Russen erkannt, obwohl wir keine Ketten trugen. Wahrscheinlich gingen nur Russen in diesen teuren Läden einkaufen. Die Verkäuferin gratulierte uns überschwänglich dazu, dass wir unbewusst die richtige Wahl getroffen und den einzigen Laden auf der Insel betreten hatten, der nicht mit Fälschungen, sondern mit zertifizierter Ware handelte. Sie hatte auch die gesuchte Mütze für uns, wollte aber vierzig Euro dafür haben. Nirgendwo würden wir

Die Atlantiküberquerung

eine solch tolle Kopfbedeckung so günstig finden, meinte sie. Natürlich nicht, lächelten wir und gingen zu den Afrikanern.

Die gut gelaunten Menschen in der dunklen Gasse um die Ecke boten uns für das gleiche Geld gleich fünf Mützen an, in allen Farben und Kombinationen, mit Reiter auf der linken oder auf der rechten Seite, oder auch gleich mit zwei Reitern hinter den Ohren. Wir kauften zwei Mützen, setzten sie auf und schickten Sebastian Fotos, um ihm eine kleine Vorfreude auf das tolle Geschenk zu bereiten. Unser Sohn war entsetzt. Das seien Fälschungen, schrieb er uns in einer E-Mail voller Empörung zurück. Alle Welt wisse, dass bei dem echten Ralph Lauren der Reiter IMMER in der Mitte sei. Er würde niemals eine Mütze mit einem falschen Reiter tragen, da würden ihn doch alle seine Freunde auslachen.

Was für ein Schnösel!, dachten wir und gingen zurück zu der zertifizierten Russenfreundin. In ihrem Laden ritten alle Reiter streng mittig. Wer hätte das gedacht? Also kauften wir den wahren Reiter für den lieben Sohn, die Fälschungen behielten wir für uns. Wir hatten zum Glück keine Freunde, die uns wegen einer solchen Kleinigkeit auslachen.

Am nächsten Tag war es sehr windig. Die Palmen beugten sich tief zur Erde, und die Wassertropfen flogen durch die Luft. Die Urlauber versteckten sich in ihren Hotels, saßen auf den Balkonen und spielten Karten. Wir saßen fast allein an der Bar, modisch angezogen – mit Reiter links und Reiter rechts –, und beobachteten die Eidechsen unter der Pal-

Teneriffa

me: zwei kleine und eine große. Ein alter Aberglaube sagt, wenn dir eine Eidechse zuzwinkert, wird dir ein Wunsch erfüllt. Du musst nur an etwas wirklich Wichtiges denken und den Augenkontakt mit den Viechern suchen. Leider zwinkern sie sehr selten und nur dann, wenn man mit leerem Kopf und vollkommen wunschlos an einer Bar sitzt. Trotzdem macht es Spaß und kostet überhaupt keine Mühe, die Eidechsen zu beobachten, denn sie bewegen sich nicht. Sie sitzen bei jedem Wetter auf den Steinen und starren vor sich hin.

Eidechsen sind große Philosophen. Sie haben vielleicht nur einen Gedanken, aber den wollen sie unbedingt zu Ende denken. Sie diskutieren nicht, sie springen nicht wie blöd herum, und sie schwitzen nicht – genau wie Immanuel Kant: Es gibt zahlreiche Aussagen seiner Zeitgenossen darüber, dass Kant nie geschwitzt habe.

Eine große schneeweiße Insel fuhr an uns vorbei. Dabei trompetete sie so leidenschaftlich, als wollte sie für immer Abschied von der schmutzigen Welt nehmen und auf ewig den Horizont bügeln. *Queen of the Seas* stand am Bug. Schon früher hatten wir diese Kreuzfahrtschiffe an unserer Insel vorbeifahren sehen und uns immer wieder gefragt, wie teuer eine solche Reise eigentlich sein konnte. Und warum wir noch nie eine Kreuzfahrt gemacht hatten?

»Sie haben dort bestimmt ausreichend Schatten und viele Bars«, meinte Olga.

»Sie könnten mich einladen, zu einer Lesung zum Beispiel.

Die Atlantiküberquerung

Ich kann mir gut vorstellen, dass auf einem solchen Schiff ein großes Kulturprogramm angeboten wird, damit die Gäste nicht vor lauter Untätigkeit auf dumme Gedanken kommen«, sagte ich und blickte auf die Steine. Die kleine Eidechse zwinkerte mir völlig unerwartet zu.

Zwei Monate später bekam ich eine Einladung aus Hannover. Ein niedersächsisches Reisebüro lud mich für den Monat November ein, deutsche Kreuzfahrttouristen als Teil eines multikulturellen Unterhaltungsprogramms bei ihrer Fahrt von Barcelona nach Miami zu begleiten.

»Unser Schiff wird die *Queen of the Seas* sein, eines der größten Kreuzfahrtschiffe, die zurzeit die Wellen des Atlantiks pflügen«, schrieb mir der Direktor des Reisebüros. Das Schiff sei jetzt schon ausgebucht, nur wenige Innenkabinen ohne Fenster seien noch zu haben. Aber meine Frau und ich würden als Künstlerpersonal selbstverständlich zur Crew gehören und hätten auf jeden Fall eine Kabine mit Balkon, versicherte mir das Reisebüro.

Ich rieb mir die Hände. Wir Schriftsteller wurden eben überall gebraucht, besonders auf langen Reisen über Meere und Ozeane, damit die Passagiere nicht aus lauter Langeweile über Bord sprangen. Außer der Kabine mit Balkon standen uns noch Flugtickets nach Barcelona zu, eine Übernachtung in der katalanischen Hauptstadt und drei Tage Miami in einem guten Hotel am Strand. Eine kleine Gage war ebenfalls vom Gastgeber vorgesehen. Ich hatte mich

Teneriffa

bei der Berufswahl also doch nicht geirrt. Kaminleger oder Elektriker sind das ganze Jahr über beschäftigt, und wenn sie von ihrem Berufsalltag ausgesaugt endlich in Rente gehen, wollen sie nur noch angeln und haben keine Lust mehr auf menschliche Gesellschaft. Und wenn sie ausnahmsweise doch einmal ausgehen, dann reden sie über Kamine.

Es gibt aber auch andere, saisonale und launische Berufe wie zum Beispiel Schriftsteller und Geschichtenerzähler. Im Sommer haben wir nichts zu tun und machen einen Urlaub nach dem anderen. Wenn es aber draußen kalt wird, bekommen die Menschen Lust, auf Lesungen zu gehen, um sich die langen Winterabende zu vertreiben. Geschichtenerzähler werden überall dorthin gerufen, wo sich Menschen nicht langweilen dürfen: zu öden Kurorten, in muffige Theater- und Kulturhäuser, auf belanglose Open-Air-Festivals. Und natürlich auf Kreuzfahrten mit ihren vielen Tagen auf See.

Der Monat November ist in Berlin eine kalte Jahreszeit, die feuchte Kälte kriecht einem in die Knochen. In Miami ist der November eine beliebte Badesaison. Ich hätte dem niedersächsischen Reisebüro daher am liebsten sofort eine Zusage geschrieben: »Juhu, wir packen bereits die Koffer!« Aber auf einmal kamen meiner Frau Zweifel. Zwei Wochen auf den Wellen schaukeln, ohne festes Land unter den Füßen? Ohne Freunde und möglicherweise ohne Aschenbecher? Wir wussten nicht, wie hoch die Wellen auf dem

Die Atlantiküberquerung

Ozean waren, wie stark das Schiff schaukeln würde, und ob man überhaupt rauchen durfte.

»Frag sie lieber, bevor du zusagst«, riet mir meine Frau.

Mir war es jedoch peinlich, das Reisebüro danach zu fragen, ob das Schiff schaukelte, und wo man an Bord rauchen durfte. Es wäre angebrachter, diskret bei jemandem nachzufragen, der eine solche Reise bereits mitgemacht hatte. Doch in unserem Bekanntenkreis gab es niemanden, der Kreuzfahrt-Erfahrung hatte, ganz im Gegenteil: Alle unsere Freunde hielten uns für verrückt und versuchten, uns umzustimmen. In ihrer Vorstellung war eine Kreuzfahrt nichts anderes als der letzte verzweifelte Zeitvertreib eines Rentnerehepaars kurz vor dem endgültigen Abgang.

Unsere eigenen Erfahrungen in Sachen Seefahrt reichten nicht aus. Die Erlebnisse meiner Frau beschränken sich auf eine unfreiwillige Bootsfahrt, zu der sie als Kind am Schwarzen Meer gezwungen worden war. Sie hatte eine dreistündige Seefahrt mitmachen müssen, ein sozialistisches Pflichterziehungsprogramm, das extra im Süden für die Kinder des Nordens organisiert worden war. Das Programm hieß »Unsere Freunde – die Delphine«. Olga ahnte nichts Gutes. Sie hatte bereits gute Freunde und wollte gar keine Delphine dazu haben. Aber der Staat hatte das für sie und alle anderen Kinder bereits entschieden. Unsere Sowjetunion war in ihrer Spätreife zwar ein korrupter Haufen ohne Ziel und Verstand, aber immer mit irgendeinem gut gemeinten Programm in

Teneriffa

der Hosentasche. Es wurden unzählige Staats- und Regierungsprojekte durchgeführt; ökonomische Programme, landwirtschaftliche Umbauprogramme, Bildungs- und Erziehungsprogramme. Eine Armee von Beamten ernährte sich von solchen Projekten, und ein paar Delphine ernährten sich davon auch noch mit.

Die Freundschaftsreise zu den Delphinen ist Olga als Höllenfahrt in Erinnerung geblieben. Der Wind blies stark, das Boot schaukelte heftig, Olga wurde seekrank und musste sich die ganze Zeit am Heck übergeben, direkt auf ihre neuen Freunde, die Delphine. Die ließen sich davon nicht abschrecken und begleiteten das Schiff programmgemäß die ganze Zeit. Nach drei Stunden, als das Boot wieder im Hafen andockte, fragten Olgas Eltern sie, wie sie die Delphine gefunden habe, woraufhin ihr erneut schlecht wurde. Seitdem wecken diese sympathischen Meeresbewohner bei meiner Frau stets falsche Reflexe. Selbst wenn sie Delphine im Fernsehen sieht, wird ihr davon schlecht.

Ich hatte als Sechzehnjähriger einmal zwanzig Tage auf einem Schiff verbracht, das die Wolga abwärts Richtung Kaspisches Meer nach Astrachan und von dort wieder zurück fuhr. Mein Vater arbeitete in einem Betrieb der Binnenschifffahrt, wo sie einmal im Jahr eine solche Reise im Betrieb zu verlosen hatten. Alle mussten mitmachen. Mein Vater gewann einmal ungewollt, hatte aber bereits ganz andere Urlaubspläne und überhaupt keine Lust, nach Astrachan zu fahren.

Die Atlantiküberquerung

Also schickte er mich als seinen Stellvertreter auf das Schiff. Diese Kreuzfahrt fand in der anstrengenden Zeit statt, als der Liebling des Westens, Michael Gorbatschow, sein »Ausnüchterungsprogramm« mit voller Kraft durchzusetzen versuchte. Es sollte das Trinkverhalten der Bevölkerung verändern. Er hatte es sicher nicht direkt auf die Passagiere der Wolga-Kreuzfahrt abgesehen, doch die Folge dieses Programms hat uns den Urlaub gründlich versaut: Es gab auf dem Schiff kein Bier oder sonst etwas Alkoholisches zu trinken.

Für die Touristen war das eine völlig neue Herausforderung, der sie nicht gewachsen waren. Die Stimmung eskalierte gleich am ersten Tag. Zwei ewig russische Fragen beschäftigten das Schiffsvolk: »Wer ist schuld?« und »Was tun?« Michael Gorbatschow wurde als Heimatverräter und Feind des Volkes beschimpft, der im Auftrag der westlichen Geheimdienste beschlossen hatte, Russland austrocknen zu lassen. Zum Glück hielt das Schiff jeden Tag für einige Stunden an einer anderen Wolgastadt. Wir mussten wie die Verrückten rennen, um die richtigen Geschäfte zu finden, die – erst ab 14.00 Uhr und dann auch nicht mehr als eine Flasche pro Kunde – Alkohol verkaufen durften. Hinzu kam noch: Wir durften keinen Alkohol mit aufs Schiff nehmen. Das bedeutete: schnell austrinken, bevor es im Maschinenraum zu brummen begann. Wahrscheinlich ist mir deswegen diese Reise nur neblig in Erinnerung geblieben.

Auf dem Schiff selbst haben wir nur geschlafen. Dafür

Teneriffa

gingen wir jeden Tag in einer neuen Wolgastadt an Land. Die Omas am Ufer verkauften allerdings nur Trockenfisch und Sonnenblumenkerne. Niemand wollte uns sagen, wo der nächste Spirituosenladen war. »Wir haben gar nichts da, schlimm, schlimm«, sagten die Wolgamenschen zu uns. Dabei schaukelten sie deutlich heftiger als wir, obwohl sie auf keiner Kreuzfahrt waren. Es dauerte immer viel zu lange, bis man herausbekam, wo in der Stadt der selbst gebrannte Schnaps zu finden war.

Von allen Sehenswürdigkeiten entlang der Wolga kann ich mich eigentlich nur noch an zwei erinnern: das Geschäft »Streichhölzer« in der Stadt Gorki, ein gigantischer Laden, in dem tatsächlich nur Streichholzschachteln auf der Vitrine auslagen. Und das Monument »Mutter Heimat« auf einem Hügel in Wolgograd. In der einen Hand hielt Mutti ein Schwert und holte zum Schlag aus. Mit der anderen Hand zeigte sie auf mich. »Komm her, Kleiner, ich knall dir eine«, sagte ihr Blick. Diese Heimat wirkte alles andere als mütterlich und gemütlich.

Und bevor ich vergesse, es zu erwähnen: Auf dieser sowjetischen Kreuzfahrt war außer einer Disko am Abend überhaupt kein Kulturprogramm vorgesehen.

Diesmal sollte es aber anders sein. Außer mir waren zwei weitere Kulturschaffende auf die Reise mit der *Queen of the Seas* eingeladen. Zum einen eine Dame, die herausgefunden hatte, wie man am besten ohne jede Medizin, nur dank

Die Atlantiküberquerung

Selbsthypnose einschlafen konnte. Sie hatte darüber ein dickes Buch geschrieben, das sofort ein Bestseller geworden war. Begeisterte Leser berichteten, man würde bereits auf der Seite zwei tief und fest schlafen. Außerdem fuhr noch eine Astrologin mit. Auf den Fotos im Internet sah sie sehr groß aus und hatte hochgesteckte Haare – eine Venus im Sternzeichen Widder, würde ich sagen. Die Frau besaß anscheinend übernatürliche Fähigkeiten. Laut ihrer Selbstdarstellung konnte sie das Leben jedes Einzelnen anhand seines Sternzeichens voraussagen, seine Missetaten richtig deuten und durch eine individuelle Sternzeichentherapie all unsere Fehler und Niederlagen rechtfertigen. Denn letzten Endes handelten wir ja nicht frei, sondern unserem Sternzeichen entsprechend. Und wenn die Planeten unglücklich standen, konnten wir nichts dafür. Es waren genau die Themen, die jeden Menschen zum Zuhören und Mitdenken aufforderten.

Ganz am Anfang meiner schriftstellerischen Karriere hatte ich als junger Journalist ebenfalls launige Horoskope für eine russische Zeitung in Berlin verfasst. Dabei sollte ich eigentlich studieren und meine Diplomarbeit zu Papier bringen. Mit dem Schreiben der Horoskope fand ich eine Rechtfertigung für meine Faulheit und nutzte es zugleich als Peitsche, um mich zu disziplinieren. Es war ein ständiges kreatives Hadern mit mir selbst.

»Mars im Sternzeichen Krebs! Hör endlich mit deiner Ausgewogenheit auf!«, schrieb ich. »Auch wenn deine Stra-

Teneriffa

tegie des Nichtstuns eine Weile gut funktioniert hat – jetzt kommt langsam die Zeit, neue Wege einzuschlagen und ein wenig Schwung in den Alltag zu bringen! Geh raus und sei für neue Abenteuer bereit. Und du, Waage, bleibst heute lieber zu Hause. Die Planeten stehen nicht gut für dich.«

Ich erfand gerne Horoskope. Allein die Vorstellung, wie viele Waagen durch mich zu Hause blieben, machte mir gute Laune.

Eigentlich war meine Mitarbeit bei dem aufwendigen Kulturprogramm der *Queen of the Seas* nur einem Zufall geschuldet. Ursprünglich war als dritte Künstlerin eine Dame eingeladen worden, eine bekannte Autorin, die bereits eine endlose Reihe von deutschen Liebesromanen geschaffen hatte. Ihre Heldinnen, mit beiden Beinen im Leben alleinstehende Frauen, fingen unerwartet eine spannende Beziehung mit einem geheimnisvollen Unbekannten an, der irgendein dunkles Geheimnis mit sich trug und nicht erzählen wollte, was er genau arbeitete oder ob er verheiratet war. Auf jeden Fall hatte die Schriftstellerin mit ihren Büchern stets großen Erfolg und wurde als absolutes Highlight von Schiff zu Schiff weitergereicht. Aber plötzlich hatte sie keine Lust mehr und sagte die Reise ab. Deswegen bekam ich nun ihre Einladung.

Ob ich ein guter Ersatz für die Liebesschriftstellerin wäre, da war ich mir nicht ganz sicher. Aber ich war auch noch nie in Miami gewesen. Mit der ganzen Kraft meiner Beredsamkeit versuchte ich, Olga auf diese Fahrt einzustimmen.

Die Atlantiküberquerung

»Die *Queen* wird doch bestimmt ein so riesiges Schiff sein, dass sie nicht schaukelt«, sagte ich. »Und wenn doch, dann merkt es keiner. Und wenn schon, dann gibt es sicher eine gute Medizin gegen Seekrankheit«, argumentierte ich. Ich musste schwören, dass es im Atlantik keine Delphine gab, so sehr wollte ich aufs Schiff.

»Du weißt doch, wie wenig ein Mensch braucht, um glücklich zu sein. Wir werden an der Bar sitzen und auf die Wellen schauen!«, versicherte ich. Und Olga sagte zu.

Barcelona

Wir kamen in einem überfüllten Flugzeug in Barcelona an und brauchten am Flughafen beinahe eine Stunde, um unsere Gastgeber mit dem *Queen*-Schild zu finden. Die niedersächsischen Veranstalter baten uns, sofort an einer Barcelona-Bustour teilzunehmen, denn die Kreuzfahrt begann erst am nächsten Tag, sodass wir noch eine Nacht im Hotel in der Nähe des Hafens und einen Abend in Barcelona frei hatten. Die neue Stierkampfarena stand auf dem Plan, das neue nicht zu Ende gebaute Stadion und die Einkaufsmeile.

Der Reiseleiter, ein in die katalanische Kultur verliebter Deutscher, erzählte leidenschaftlich, wie leer und lustig Barcelona früher gewesen wäre und wie voll und stinkig die Stadt mittlerweile geworden sei. Die mitfahrenden Touristen

Barcelona

nickten zustimmend. Vor allem die älteren Jahrgänge wussten: Früher war alles besser. Der Bus brummte und tutete, blieb an jeder Ecke stehen und kam kaum voran. Die ganze Stadt war ein einziger Stau. Tausende hupende Autos glänzten in der untergehenden Sonne. Zwischen ihnen drängelten sich Scheibenputzer, Clowns, Jongleure, Zeitungs- und Wasserverkäufer – Menschen, deren Arbeitsplatz der Stau war. Trotz der schweren Arbeitsbedingungen schienen sie bester Laune zu sein.

Ich stellte mir vor, eine Katastrophe hätte sich ereignet, die Welt wäre verloren, und nur die Menschen, die es geschafft hatten, kurz vorher noch eine Kreuzfahrt zu buchen, wären auf der *Queen* in Sicherheit gebracht worden. In den Städten blieben nur die Leute aus dem Stau: die Clowns und Jongleure, die Wasser- und Zeitungsverkäufer, Bettler und Sänger. Sie übernahmen das nun auf dem Festland. Sie würden untereinander Familien gründen, sich eine neue Gesetzesordnung schreiben und so weiter. Würde dann alles besser? Ich glaube nicht. Am Ende gäbe es sicher eine Kastengesellschaft, in der die Getränkeverkäufer die ganze Macht an sich reißen und die Bettler diskriminieren würden. Eines Tages käme die *Queen* zurück, und alles würde von vorne beginnen.

Ich war beinahe im Bus eingeschlafen – doch plötzlich konnte man sie sehen: eine weiße Insel, umgeben von lauter Möwen und Hafenarbeitern. Unsere *Queen* hatte keinerlei Ähnlichkeit mit mir bekannten Schiffen. Ein

Die Atlantiküberquerung

Kindheitstraum war das, eine schwimmende Spaßburg mit eingebautem Kletterwald und einer Riesenrutsche im vierzehnten Stock. Die Touristen am Ufer fielen beinahe auf den Rücken beim Versuch, sie zu fotografieren. Man brauchte eine kilometerlange Hand, um ein vernünftiges Selfie mit der *Queen* zu machen.

Wir baten die Reiseleitung, auf unser Gepäck aufzupassen, und verzichteten auf den Rest der Busfahrt. Statt zur Stierkampfarena zu fahren, stiegen wir aus und gingen zu Fuß weiter, um Barcelona ein Stück aus der Nähe kennenzulernen. Wir hatten noch einige Stunden bis Sonnenuntergang und wollten diese Zeit nutzen. Doch bis zum Zentrum war es zu weit, und es war zu viel los auf den Straßen.

Die ganze Zeit über hatte ich das Gefühl, Zeuge einer beispiellosen Völkerwanderung zu sein. Der überfüllte Flughafen, die Staus auf den Straßen, die zahllosen Reisebusse, die uns den Weg versperrten, mittendrin Frauen mit Rollkoffern und Frauen, die ihre Sachen in Müllsäcken durch die Gegend trugen, dazu Jungs, die ununterbrochen mit ihren Handys knipsten, und andere, die am Hafen die gleichen Handys verkauften. Die ganze Menschheit schien aus einem Dornröschenschlaf erwacht zu sein und sich auf den Weg gemacht zu haben – nur wohin? Das wusste Gott allein.

Gut, unsere Artgenossen waren schon immer gerne unterwegs gewesen. Nur auf diese Weise konnten sie von Afrika aus zu Wasser und zu Land den ganzen Planeten zügig

Barcelona

besetzen. Sie bewegten sich in Gruppen vorwärts. Auch heute sind Einzelgänger eine Seltenheit. Die meisten, die gerade auf dem Weg sind, gehören den zwei größten Gruppen an: Touristen und Flüchtlinge – die freiwillig und die unfreiwillig Reisenden. Mit Angst und Hoffnung schauen sie aufeinander. Sie wissen, die Grenzen zwischen ihnen sind nicht eindeutig markiert. Die Flüchtlinge von heute können schon morgen Touristen sein und umgekehrt.

Die unfreiwillig Reisenden kommen in kleinen Booten und werden in Zelten am Ufer untergebracht. Die Touristen kommen auf Kreuzfahrtschiffen, riesigen schwimmenden Städten, in denen sie kleine Kabinen bewohnen, zum Teil ohne Fenster und ohne Balkon. Die Ersten wie die Zweiten wissen nicht genau, wohin die Reise sie führt. Die Ersten wie die Zweiten haben jeden Tag Hunger und stehen an. In der Nähe des Hafens sah ich prompt eine Touristenwarteschlange: Lustige junge Leute hatten neben einem Kinderspielplatz an der frischen Luft eine Küche eingerichtet und unglaublich lecker aussehende Paella in einer Riesenpfanne auf offenem Feuer zubereitet, eine großartig gelungene Touristenattraktion. Der Geruch von spanischem Essen kitzelte mich heftig in der Nase, die Schlange war jedoch zu lang, um anstehen zu wollen.

»Lass uns lieber in ein Restaurant gehen«, drängte meine Frau. »Oder in eine Bar, in der man gemütlich sitzen kann.«

Sie hatte keine Lust, auf der Straße zu essen. Aus Trotz stellte ich mich in die Schlange.

Die Atlantiküberquerung

»Vielleicht geht es ja schnell«, sagte ich.

Die Touristen vor mir rochen streng, wahrscheinlich waren sie schon länger in der Sonne gestanden. Sie sahen aus, als hätten sie seit gestern nichts gegessen.

»Hau ab!«, schrie der junge Koch plötzlich einen Kunden vorne in der Schlange an. »Du kommst jetzt schon zum dritten Mal hierher!«

Was sind das denn für Sitten?, überlegte ich und wurde misstrauisch der Feldküche gegenüber. Nach wenigen Minuten wurde mir klar, dass ich nicht bei einer exotischen Paella für Touristen anstand, sondern bei einer Wohlfahrtsküche für Flüchtlinge und Obdachlose. Trotzdem wollte ich nicht weggehen. Das Essen duftete so gut, und wir sollten nicht umsonst eine halbe Stunde in dieser scharf riechenden Menge verbracht haben. Meine Frau wurde rot und drängte mich mit neuer Kraft aus der Reihe der Bedürftigen. Hungrig und durstig verließen wir schließlich die Kolonne und suchten auf eigene Faust ein Restaurant.

Abends beruhigte sich der Verkehr. Wir nahmen ein Taxi und fuhren auf den Paseo de Gracia. Der Taxifahrer konnte brockenweise Englisch und Deutsch und schimpfte auf die EU, diesen »Verein der Mächtigen und Reichen«, der die einfachen »Spain people« zugrunde richte. Allgemein werde in Spanien die EU als Verschlechterung der guten alten Welt wahrgenommen, meinte er. Alles werde den neuen europäischen Standards angepasst. Die Siesta – der traditionelle

Barcelona

spanische Mittagsschlaf von 12.00 bis 18.00 Uhr – war durch die sehr viel kürzere und deswegen verhasste »europäische Mittagspause« ersetzt worden, und überall in der Stadt sprossen Imbissbuden aus dem Boden, die man ebenfalls für ein Zeichen der Europaerweiterung hielt, weil in ihnen hauptsächlich Pakistaner und Araber arbeiteten, die entweder aus Deutschland oder Syrien kamen und deswegen kaum Spanisch sprachen. Ein bekannter Imbiss in der Stadt heiße sogar »Berlin Döner«, erzählte uns der Fahrer. »Soll ich euch dorthin bringen?«, fragte er.

»Nein danke!« Wir hatten keinen Appetit auf Berlin-Döner. Nach einer kurzen Fahrt landeten wir in einer Bar in der Fußgängerzone, direkt vor einem Tiermarkt. Auf der Straße standen Einheimische in einer langen Reihe und verkauften alle möglichen Tiere: Leguane, Kaninchen, Papageien, Ratten und weiße Tauben. Die spanischen Leguane waren unglaublich beweglich. Statt steif in ihren Terrarien zu sitzen, krabbelten sie ständig hin und her, kauten irgendwelche Früchte und versuchten einander zu befruchten.

»Kuck mal, sie verkaufen sogar Spatzen!«, rief meine Frau mir zu.

Ich sah zum ersten Mal im Leben einen Spatz in einem Käfig. Es war ein ganz normaler großstädtischer Spatz ohne irgendwelche besonderen Merkmale, die auf eine edle Rasse hingewiesen hätten. Vielleicht waren die spanischen Spatzen etwas Besonderes, überlegten wir. Vielleicht konnten sie singen? Der Spatz saß allerdings so stumm und steif in seinem Käfig, als wäre er ein kranker Leguan. Er reagierte auf nichts. Offensichtlich war auch er der Meinung, dass er in diesen Zoo überhaupt nicht reinpasste.

Der kleine graue Vogel erinnerte uns an Berlin. Wir sprachen mit der Verkäuferin, kauften ihr den Spatz ab, gingen mit ihm in eine Nebengasse und öffneten dort den Käfig. Die ersten paar Sekunden saß der Vogel reglos wie ein Stein auf seinem Platz. Dann aber schoss er plötzlich wie eine Revolverkugel in den Himmel. Wahrscheinlich sang er innerlich. Er freute sich jedenfalls über die Freiheit, machte Pirouetten in der Sonne und kackte rebellisch auf die Altstadt mit all ihren Sehenswürdigkeiten. Seinen Käfig ließen wir auf der Straße stehen und gingen ins Hotel. Auf dem Zimmer lag bereits eine Nachricht für uns: »Bitte vor 8.00 Uhr morgens auf dem Schiff sein«, stand auf dem Zettel.

Eine aufregende Seereise wartete auf uns.

* * *

Den ganzen ersten Tag auf der *Queen* verbrachten wir in den Aufzügen. Wir fuhren zwischen vierzehn Stockwerken hin und her, um unser neues Zuhause zu erkunden. Neben den Restaurants, Schwimmbädern, Casinos, Sporthallen, Kinos und Einkaufspassagen fanden wir auf dem Schiff einen botanischen Garten mit integriertem Zoo, einen großen Konzertsaal und eine kosmetische Klinik, die mit günstigen

Queen of the Seas

Angeboten für ein »neues Gesicht ohne chirurgische Eingriffe« drohte. »Rescue your youth« stand auf dem Plakat. Aus Mangel an Englischkenntnissen verstand ich unter dieser Aufforderung »Riskier deine Jugend«. Meine Frau, die besser Englisch kann, lachte mich aus. Im Empfangsbüro der Klinik hingen an den Wänden Fotos von Menschen undefinierbaren Alters, die ihre Jugend bereits riskiert hatten. Ihre Gesichter hatten alle den gleichen Ausdruck: eine Mischung aus Staunen und Erleichterung. Staunen, warum sie es nicht schon früher riskiert hatten, und Erleichterung, keine Grimassen mehr schneiden zu müssen.

Gleich neben der Klinik befand sich ein Kindergarten, darunter eine Bowlingbahn und ein Pub. Bei näherer Betrachtung erwies sich unser Schiff als mittelgroße amerikanische Stadt. Die vierhundert deutschen Touristen mit ihrem kleinen gemütlichen Kulturprogramm, das aus einer Schlaf-gut-Tante, der Sternzeichenversteherin und mir, dem selbst ernannten Schrebergartenexperten, bestand, bildeten eine lächerlich kleine Minderheit an Bord. Sie lösten sich komplett in der 5000-köpfigen Gruppe der Amerikaner auf, die extra aus ihrer Heimat nach Barcelona geflogen waren, um von dort aus den Atlantik zurückzuüberqueren. Sie fühlten sich auf dem Schiff so heimisch, als hätten sie Amerika nie verlassen. Mit Sternzeichen und Schrebergärten hatten sie nichts am Hut.

Erst hier lernten wir zu schätzen, wie großzügig unser Planet besiedelt worden war. Es gab schon einen guten Grund,

Die Atlantiküberquerung

warum Amerika so weit von Europa entfernt lag, sonst wären die Europäer nämlich längst taub geworden. Die 5000 Amerikaner machten einen Lärm, als seien es zehn Mal so viele. Sie bewegten sich deutlich sicherer als die Deutschen zwischen Casinos und Einkaufspassagen, und sie kamen schneller ans Ziel. Das unübersichtliche Freizeitangebot auf der *Queen* nahmen sie sehr ernst, denn als All-inclusive-Touristen durften sie natürlich nichts verpassen. Bis Miami hatten sie nur zwei Wochen Zeit, um alles zu genießen, was es an Bord an Attraktionen gab. Sie gingen gleichzeitig in allen Restaurants speisen, sie gingen Sport treiben und saufen, Musik hören und tanzen, schwimmen und sich in die Sonne legen, einkaufen und spielen – sie wollten auf nichts verzichten.

Dieses Gezappel wirkte ansteckend. Auch einige Deutsche ließen sich von dieser konsumistischen Aufbruchsstimmung mitreißen. Die Sterndeuterin ging gleich am ersten Tag Schuhe kaufen. Uns verriet sie, mit Größe 46 habe sie in Deutschland permanent Probleme, die richtigen Schuhe zu finden. Nur meine zweite Kollegin, die Gutenachttante, ließ sich von dem amerikanischen Schwung nicht anstecken. Mitten im Chaos saß sie seelenruhig am Pool und blätterte in einem dicken Buch. Die anderen Touristen waren dagegen entschlossen unterwegs. Sie hatten mehr Knoten drauf als das Schiff, auf dem sie sich befanden. Nervosität lag in der Luft. Man konnte sich kaum in einen Fahrstuhl quetschen, weil alle mit Amerikanern besetzt waren. Viele von ihnen

Queen of the Seas

waren in Übergröße an Bord, sodass in einem Aufzug, in den ein Dutzend Europäer gepasst hätten, maximal fünf Amerikaner mitfahren konnten. Glücklich, laut und nass fuhren sie mutig mit großen Einkaufstaschen auf und ab. Ihre einzige Angst schien zu sein, das wichtigste Ereignis zu verpassen.

Von meinen früheren Besuchen in Amerika war mir diese Haltung bereits vertraut. Diese völlig übertriebene Lebenslust der Amerikaner, die sie selbst als »Energie«, »Power« oder »Kreativität« bezeichnen, ist in Wahrheit eine schwere Neurose, die sich über das ganze Land gelegt hat und gute, warmherzige Menschen in den Wahnsinn treibt.

All unsere Versuche, in die vierte Etage zu gelangen, scheiterten. Die Fahrstühle fuhren nicht weiter als bis zum fünften Stock nach unten, Haltestelle »Botanischer Garten Eden«. In den tiefer gelegenen Etagen war Touristen der Zutritt verboten. Da wäre wohl der Maschinenraum, meinten die Amerikaner. Doch wenn man über Bord schaute, sah man klar und deutlich, dass es unterhalb des fünften Stocks noch mehrere Etagen mit einer Menge Platz gab. Ich stellte mir vor, unser Schiff sei in Wirklichkeit nicht eine, sondern zwei amerikanische Städte, die übereinander gebaut worden waren. Eine über- und eine unterhalb der Wasseroberfläche. Niemand wusste, wie viele Stockwerke es unter Wasser noch gab, wie viele Menschen dort lebten, die jeden Morgen von großen Fischen am Kabinenfenster begrüßt wurden. Eins stand fest: Unser Schiff glich einem Eisberg mit einem sicht-

Die Atlantiküberquerung

baren Teil an Attraktionen und Belustigungen aller Art und dem dunklen Teil der unzähligen unteren Etagen.

Dort, wo der Zutritt für Touristen verboten war, wohnte das Personal: tausende Arbeiter, die unsere Überwasserstadt am Leben hielten: die Köche, Putzleute, Matrosen, Unterhalter und natürlich die verzweifelten Verkäufer aus hundert Läden, die in der Einkaufspassage von früh bis spät hinter dem Tresen standen. Diese verfolgten eine äußerst aggressive Verkaufsstrategie, sie schmissen sich auf jeden Reisenden wie Partisanen auf Schießscharten, als wäre jeder Kunde der letzte ihres Lebens. In Deutschland, im Osten von Berlin wohnend, sind wir eine solch übertriebene Freundlichkeit nicht gewöhnt. Bei uns kann der Kunde schon überfordert sein, wenn er nur die Frage »Wollen Sie eine Tüte?« hört. Er versteinert und geht für eine Weile in sich, um nach der richtigen Antwort zu suchen.

Ich erklärte mir dieses rätselhafte Verhalten der Verkäufer auf der *Queen* mit dem harten amerikanischen Kapitalismus. Vielleicht hatten sie ihre Ware – den billigen Schmuck, die bunten T-Shirts und Frauenhandtaschen – auf Kredit und mit extrem hohen Zinsen bekommen. Nun mussten sie das Zeug auf Teufel komm raus losschlagen, bevor das Schiff Miami erreichte. Ihre Kreditgeber würden sie nämlich an die Haie verfüttern, wenn sie dort mit unverkauften Handtaschen am Ufer aufkreuzten. Es könnte allerdings auch sein, dass sie laut ihren Arbeitsverträgen überhaupt erst dann wieder an Land gehen durften, wenn alle Handtaschen verkauft waren. Bis dahin blieben sie Geiseln des Eisbergs und durften ihre Familien, Frauen und Kinder nicht sehen. Oder es waren alles Sträflinge des Kapitals, ehemalige Bankdirektoren oder andere Finanzverbrecher, die schwere Strafen abzutragen hatten und der Haft nur unter der Bedingung entkommen waren, dass sie auf einer Kreuzfahrt ihre Schuld als Verkäufer abarbeiteten.

Auf jeden Fall waren es Menschen in einer Notsituation. Als ich eine Packung Taschentücher bei einem kaufen wollte, bekam ich einen Kaffee und einen Orangensaft, einen Platz im Massagesessel zur Entspannung, zehn bunte T-Shirts zum halben Preis und eine Teilnahme im Club angeboten, wo ich als Mitglied gegen eine geringe Monatsgebühr äußerst günstig Massagesessel kaufen konnte – bis zum Ende meines Lebens und inklusive Lieferung nach Deutschland. Die Mitgliedschaft war auf Kinder und Enkelkinder übertragbar. Ich musste auf die Taschentücher verzichten und rannte aus dem Laden, ohne auf Wiedersehen zu sagen.

Trotz seiner überdimensionalen Größe und obwohl auf dem Ozean keine besonders großen Wellen zu sehen waren, schaukelte unsere *Queen of the Seas* ziemlich heftig. Ich glaube, die 5000 Amerikaner brachten das Schiff zum Wackeln, weil sie ständig von links nach rechts, von Backbord nach Steuerbord und zurück liefen, um die neuesten Angebote nicht zu verpassen. Die Pillen gegen Seekrankheit, mit denen sich meine Frau in Berlin vorsorglich eingedeckt hatte, halfen nicht. Genauso

Die Atlantiküberquerung

wenig wie die homöopathischen Armbänder, die uns die nette Sterndeuterin empfohlen hatte. Auch der Geheimtipp unserer amerikanischen Nachbarn, Whisky mit Cola zu trinken, brachte keine Besserung. Meiner Frau war übel. Der Morgen begann damit, dass in aller Frühe noch vor dem Frühstück im Radio laut die Sonderangebote vorgelesen wurden. Jede Kabine hatte einen eingebauten Lautsprecher, den man nicht herunterregeln konnte. Olga lag in unserer Kabine, hörte sich die Angebote im Radio an und schaffte es gerade einmal auf den Balkon, um eine Zigarette zu rauchen, obwohl auf dem gesamten Schiff eigentlich striktes Rauchverbot herrschte, mit Ausnahme des Casinos. Da durfte man sich gleich am Roulettetisch eine anzünden und bekam sogar einen Aschenbecher vom Croupier. Allerdings erst dann, wenn man mindestens hundert Dollar verspielt hatte.

Die Lebensneugier der Amerikaner spiegelte sich beim Raucherproblem wider. Sie alle schienen große Anhänger eines gesunden Lebens zu sein. Sie gingen zum Sport und joggten im Kreis auf der zwölften Etage, die extra als Laufstrecke eingerichtet war. Allerdings wollten sie das ungesunde Leben auch nicht missen. Auf dem Schiff wurden überall und sehr günstig Zigaretten angeboten. Also rauchten die Sportler heimlich abends auf ihren Balkonen. Rechts und links von uns konnten wir riechen, wie die Nachbarn qualmten. In jeder Kabine lag ein Drohbrief auf dem Tisch, der das Rauchen unter drastische Strafen stellte und jeden

Queen of the Seas

Mitreisenden aufforderte, Tabakgeruch sofort bei der Crew zu melden. Rauchen galt bei Amerikanern als Sünde. Doch eine noch größere Sünde war es, bei den Nachbarn zu spionieren. Die Strenge des Gesetzgebers wurde durch die Großzügigkeit der Gemeinschaft ausbalanciert. Die Amerikaner haben nicht gepetzt. Und wir auch nicht.

Zweimal am Tag schafften wir es zum Essen ins Restaurant. Als Teil der deutschen Unterhaltungscrew hatten wir einen nur für uns reservierten Tisch, den wir mit der Schlafgut-Tante und der Sterndeuterin teilten. Aber viel hat diese Reservierung nicht genutzt. Die Cowboys überrumpelten uns einfach am Büfett. Ob asiatisch oder spanisch, sie räumten alles ab. Als Avantgarde schickten sie schweres Gerät los, Rollstuhlfahrer blockierten die frisch angerichteten Speisen von beiden Seiten, in die Mitte wurden die Kinder geschickt, und den Rest transportierten die Erwachsenen locker auf den Tellern zu ihren Tischen. Noch bevor der Koch einmal zwinkern konnte, war das Büfett schon leer geräumt. Es wurde allerdings jedes Mal einfach wieder neu aufgefüllt. Die Einsatzbereitschaft der Amerikaner ist überall auf der Welt bekannt, doch im ungleichen Kampf gegen das Füllhorn der *Queen* hatten sie trotz aller Anstrengungen keine Chance. Nach drei Heißhungerattacken gingen sie daher zu defensiven Verteidigungsstrategien über, stiegen auf kleinere Teller um und ließen schon mal nur leicht angebissene Süßigkeiten und Früchte wieder abräumen.

Die Atlantiküberquerung

Das niedersächsische Reisebüro hatte unten im fünften Stock einen extra Veranstaltungsraum für das Kulturprogramm gemietet. Alle Deutschen wurden am zweiten Tag gleich nach dem Frühstück zu einem Begrüßungsgespräch eingeladen. Alle waren ein wenig neben der Kappe und von den Eindrücken überfordert. Es gab einige Beschwerden, manche kamen auch mit dem amerikanischen Englisch nicht zurecht. Unser erfahrener Reiseleiter Heinrich regelte die kleinen Probleme gekonnt. Er war nicht zum ersten Mal auf der *Queen* und strahlte Harmonie und Sicherheit aus. Meine Frau und ich gaben ihm den Spitznamen »Der weise Heinrich«.

»Na ja«, sagte der weise Heinrich, nachdem er sich die Beschwerden angehört hatte. »Wir sitzen hier alle im selben Boot. Unsere amerikanischen Freunde wirken vielleicht manchmal etwas kindisch und laut, das gebe ich zu. Es ist eben noch eine junge Kultur. Aber in ihrem Herzen sind es positiv denkende Menschen, die einen Traum haben und ihn mit vollem Einsatz verfolgen. Wir müssen ihnen ja nicht hinterherrennen, wir ziehen einfach unser eigenes Programm durch. Heute Abend um 19.00 Uhr hören wir den Vortrag zur Steigerung der Schlafqualität.«

Am Abend gaben die Amerikaner im Nebenraum ein Konzert. Ich glaube, die Handtaschenverkäufer mimten als Sängerinnen und Sänger verkleidet die Musiker. Sie sangen zum Playback, und wenn das Publikum sich entspannte, kam mitten im Lied ein neues Sonderangebot.

Queen of the Seas

»Beim Einschlafen müssen Sie sich auf Ihren Atem konzentrieren, die Augen schließen und sich vorstellen, ihr Körper sei schwerelos, eine leichte Brise könnte Sie vom Bett pusten«, raunte die Schlaf-gut-Tante.

»I believe I can fly«, schrien positiv denkende Menschen im Chor hinter der Wand.

Alle lachten.

* * *

Der Ozean gleicht einer Wüste, einer kargen Landschaft, die statt aus Sand aus Wasser besteht. Wenn man lange über das Meer auf den Horizont schaut, hat man das Gefühl, unser Planet sei ein bis zum Rand mit Wasser gefüllter Topf. Jeden Abend fällt die Sonne wie ein rohes gelbes Ei in ihn hinein und kommt als blass gekochter Mond aus dem Salzwasser wieder heraus. Meine Oma hatte mir immer erzählt, dass man frische Eier am besten in salzigem Wasser kochen sollte, dann ließen sie sich besser schälen. Als Kind hielt ich das für einen Aberglauben. Heute weiß ich, meine Oma hatte recht.

Meine Frau und ich saßen jeden Abend auf dem Balkon in der Hoffnung, vielleicht ein anderes Schiff, eine Insel oder ein paar Delphine zu sehen. Aber nichts war. Nur die Wellen schäumten in immer gleichem Abstand an uns vorbei, jedes Mal acht kleine und eine große. Einmal sahen wir einen kleinen Vogel, der sehr tief übers Wasser flog. Er surfte gekonnt über den Wellenspitzen, obwohl kein Land in Sicht war. Der

Die Atlantiküberquerung

Vogel ähnelte keinem mir bekannten Seevogel, am ehesten glich er dem spanischen Spatz, den wir in Barcelona aus seinem Käfig befreit hatten. Möglich wäre es, dass der kleine Spatz in der Stadt herumgeflogen und aus Versehen auf dem gleichen Schiff gelandet war wie wir. Hier würde er sicher nicht erfrieren oder verhungern. Sich zu verpaaren könnte allerdings problematisch werden. Im botanischen Garten in der fünften Etage hatte ich zwar einige bunte Papageien gesehen, aber ich war mir unsicher, ob sie sich mit Spatzen vertrugen.

Gleich am dritten Tag hatte ich meinen Gartenvortrag gehalten, der beim Publikum auf große Aufmerksamkeit gestoßen war. Überhaupt schien unser Kulturprogramm gepasst zu haben. Die Macht der Sterne und die Gutenachtgeschichten kamen ebenfalls gut an, während die Amerikaner immer mehr durchdrehten und einen richtigen Zirkus mit Trapez, dressierten Waschbären und Clowns im großen Saal veranstalteten. Man erzählte sich, die Akrobaten würden dabei mit Frauentaschen jonglieren, sie in den Saal fallen lassen, und wer sie fing, bekam Rabatt. Die Sonderangebote auf der *Queen* wurden jeden Tag neu verhandelt, und je näher wir Miami kamen, desto billiger wurden die Sachen. Dieser Umstand sorgte für zusätzliche Nervosität bei den potenziellen Konsumenten. Sie rechneten damit, kurz vor Miami alles umsonst zu bekommen.

Die Sternenflüsterin erzählte uns beim Frühstück, sie habe früher selbst beim Zirkus gearbeitet, und zwar im Staatszirkus der DDR. Die Astrologie habe sie erst nach der Wende gepackt. Das wunderte mich nicht. Aus Erfahrung wusste ich, dass sehr viele Bürger der DDR zwei Leben hatten, eins vor und eins nach der Wende, in dem sie einen Neuanfang mit neuem Beruf wagten. Die Sternenflüsterin war im Zirkus zusammen mit ihrem damaligen Partner, einem Clown, im Stehen auf einem Pferd geritten – das heißt sie ritt, und ihr Partner, der Clown, stand in der Manege und machte Witze über sie.

Immer wieder wurde der Staatszirkus der DDR zu Gastspielen ins Ausland eingeladen, und manchmal gab es Probleme mit Überläufern. Einige Zirkusangestellte wollten nach der Show nicht mehr zurück in ihre Heimat, erzählte uns die Sternenflüsterin. Und welche waren das? Dompteure sind niemals im Ausland geblieben, dafür liebten sie ihre Tiere zu sehr, die sie ja nicht mit auf die Flucht nehmen konnten. Außerdem dauerte es in der Regel zehn Jahre, bis man ein Tier für eine gute Zirkusnummer dressiert hatte. Diese Zeit wäre verloren gewesen.

Auch die Akrobaten blieben dem DDR-Zirkus treu. Sie arbeiteten immer in einer Gruppe und waren aufeinander angewiesen. Wenn einer fehlte, konnte die ganze Gruppe nicht mehr auftreten. Es dauerte eben, bis man Vertrauen zu seinen Partnern aufgebaut hatte. Dieses Vertrauen wollten sie nicht enttäuschen.

Die Clowns waren die Verräter. Es waren immer die Rotnasen, die im Ausland hängenblieben, erzählte die

Die Atlantiküberquerung

Sternenflüsterin. Man sah ihr an, dass sie den Verrat »ihres« Clowns sehr persönlich nahm.

Wir, die deutschen Kulturschaffenden und ihre dazugehörigen Familienmitglieder, haben uns im Laufe der ersten Tage auf der *Queen* angefreundet. Besonders gut kam ich mit dem Ehemann der Gutenachttante klar, einem fröhlichen Frührentner, der seiner Frau als Begleitperson und Versuchskaninchen für Schlafexperimente zur Seite stand. Er gehörte zur goldenen deutschen Generation der Nachkriegskinder. Gleich nach dem Krieg geboren, als die Nazis gerade weg waren, Deutschland aber noch nicht geteilt und verspießert war, hatte diese Generation ein seltenes Geschenk bekommen, das nicht oft in der Geschichte vorkam: über siebzig Jahre ohne Krieg. Während sich die großen Brüder im Westen und im Osten zwanzig Jahre lang in Vietnam beziehungsweise Afghanistan abmühten und auch sonst in jede Konfliktgrube sprangen, die sich in der Welt auftat, hatten sich beide Deutschlands konsequent aus allem rausgehalten. »Soll doch die ganze Welt untergehen, Hauptsache wir müssen nie wieder irgendwelche Tötungswerkzeuge anfassen«, hieß die Botschaft der deutsch-deutschen Politik. Dadurch wuchs hierzulande eine nicht-traumatisierte Generation heran: Menschen, die leicht mit anderen Kontakt aufnahmen, zu jedem Quatsch eine Meinung hatten, unbegründet optimistisch auf die Welt blickten und gerne verreisten. Die Gutenachtfrau ging, ihrer fixen Idee treu, stets früh schlafen.

Queen of the Seas

Aber mit ihrem Mann saßen wir bis spät in der Nacht an der Bar und lästerten über die Amerikaner.

Nach einigen Tagen schienen alle auf dem Schiff einen Lieblingsplatz gefunden zu haben, den sie für sich reservierten. Die einen gingen ins Casino wie zur Arbeit, die anderen folgten den Sonderangeboten auf der Shopping-Mall. Und zwei arabische Großfamilien okkupierten den Whirlpool. Die eine Familie bestand nur aus Frauen und Mädchen, die den ganzen Vormittag lang blubberten und quatschten. Abends wurden sie von einer arabischen Männerfamilie abgelöst, die schweigsam mit gesenktem Haupt dem Blubbern lauschte. Meine Frau vertrat allerdings die Theorie, es handle sich hier um ein und dieselbe Familie, die aus hygienischen Gründen oder aus einer archaischen Tradition heraus prinzipiell geschlechtergetrennt blubberte. Sie aßen auch an verschiedenen Tischen, und abends gingen die Männer ins Casino, während die Frauen in bunte Stoffe gewickelt an Deck saßen und die Sterne zählten.

Alle fanden sich mit der Situation einer Kreuzfahrt ab, nur meine arme Frau fand keinen Platz auf dem Schiff, an dem sie sich einigermaßen heimisch fühlte. Sie war unglücklich auf dieser Reise. Sie hasste das ständige Schaukeln unter den Füßen und das permanente »Enjoy!« der Amerikaner, das diese zu jeder Mahlzeit von sich gaben. »Ich möchte nichts genießen«, polterte Olga zurück. »Ich will bloß eine Kleinigkeit essen!«

Die Atlantiküberquerung

Am fünften Tag, als wir nach dem Frühstück auf der Sportetage spazieren gingen, hörten wir plötzlich jemanden auf Russisch schimpfen. Wir gingen der Stimme nach und fanden zwei Tischtennisplatten. Sofort lebte meine Frau auf. Ihre Seekrankheit war auf einmal verschwunden. Die Tatsache, dass es ein großer schwarzer Mann war, der laut auf Russisch fluchte, irritierte sie nicht. Wenige Minuten später sprang Olga schon mit einem Tischtennisschläger in der Hand um den Tisch herum und versuchte den Schwarzen mit dem Ball auf den Kopf zu treffen.

Ich wusste schon von früheren Reisen, Tischtennis erwärmt das Herz der Russen. In jedem Hotel, an jedem Ort des Massentourismus, in jedem Park, in dem wir spazieren gegangen waren – wenn man Russen suchte, fand man sie an der Tischtennisplatte. Das hat mit unserer Sozialisation zu tun. Im Sozialismus wurden Kinder sehr früh aus der Hand der Familie in die Hände des Staates gegeben. Gleich nach der Geburt wurden wir in den Kindergarten gesteckt, danach in die Schule, dann bis 18.00 Uhr in die »Gruppe des verlängerten Tages«, und im Sommer wartete das Pionierlager auf uns. Der Staat kümmerte sich ganzjährig um den Nachwuchs, während die Eltern auf den Baustellen des Sozialismus Schach oder Karten spielten.

Natürlich konnte der sozialistische Staat all diesen Kindern keine tolle Unterhaltung anbieten, er konnte keine Attraktionen bauen, kein spannendes Spielzeug produzieren.

Queen of the Seas

Aber Tischtennisplatten gehörten zur Grundausstattung jeder Jugendeinrichtung. Also spielte die sowjetische Jugend Tischtennis bis zum Umfallen. Manchmal veranstaltete sie Jugendmeisterschaften mit chinesischen Pionieren, die ebenfalls nichts Besseres zu tun hatten, während ihre Eltern beim Aufbau des chinesischen Sozialismus Großes leisteten. Mit dem Sozialismus hat es nicht geklappt, der Funke der Weltrevolution zündete nicht, und unsere große Heimat fiel auseinander. Das Einzige, was blieb, waren Millionen Tischtennisschläger und ein Paar Bälle, die nicht kaputt geschlagen worden waren.

Tischtennis ist wie Fahrradfahren: Wer es einmal beherrscht, verlernt es nie mehr. Und meine Frau beherrscht es, sie ist eine leidenschaftliche Tischtennisspielerin. Olga hat in jedem Hotel, das wir, noch als Jungeltern, besuchten, an Turnieren teilgenommen und oft den ersten Platz gewonnen. Einmal ist sie Zweite geworden gegen eine rothaarige irische Frau aus Belfast, die sehr defensiv und zurückhaltend spielte, aber alle Bälle ausgezeichnet parieren konnte. Von links und rechts, von oben oder unten, sie nahm einfach alle an. Wahrscheinlich hatten die Jugendlichen in Belfast auch ein schmales Freizeitangebot und wurden entweder Terroristen oder Tischtennisspieler. Am Ende war Olga mit ihrer Geduld am Ende und ließ die Frau aus Belfast gewinnen. Es lebe die Volkssolidarität, sagte sie.

Zwei Paare spielten andauernd Tischtennis auf der *Queen*:

Die Atlantiküberquerung

eine mollige Blondine aus Sibirien, die in Miami mit ihrem afroamerikanischen Ehemann lebte und ihrem Mann anscheinend perfektes Russisch beigebracht hatte. Er redete sehr bildhaft und nannte seine Frau liebevoll »mein Bömbchen«. Und dann zwei junge Kirgisen aus San Francisco. Wir spielten Paar gegen Paar mit wechselndem Erfolg. Ab da ging es Olga gut und besser.

Jeden Tag fanden wir in der Kabine einen Zettel, auf dem wir die Kreuzfahrt bewerten sollten. »Gefällt es euch, oder gefällt es euch nicht?«, fragte man uns. Ich hätte gern meine Meinung dazu geäußert. Ich hätte geschrieben, die Fahrt sei schon schön, aber schade sei es, dass die unteren Stockwerke nicht zugänglich seien und dass die Mannschaft wahrscheinlich gezwungen wäre, unter Wasser zu leben. Außerdem hätte ich gern gewusst, was mit den üppigen Resten des Frühstücksbüfetts passierte: bekamen das die Fische, die Matrosen oder wir noch einmal zum Abendessen? Klein zerhackt mit scharfer Soße als »Asian Cuisine«? Und was geschah am Ende der Reise mit den Händlern, die ihre Waren unterwegs nicht verkauft hatten?

Doch der Zettel ließ für derartige Fragen keinen Platz. Es gab nur drei Kästchen: »I like it«, »I don't like it« und »I don't know«.

Ich wusste nicht, ob es mir gefiel. Eine Kreuzfahrt ohne Zwischenstopps bot wenig Überraschendes. Einmal nahmen wir an einem großen Schauspiel teil: Wir trainierten die Eva-

Queen of the Seas

kuierung der *Titanic*. Jeder Reisende bekam eine Rettungsweste umgebunden und die Anweisung, zu einer bestimmten Zeit an einem bestimmten Ausgang zu erscheinen.

Ich hatte das Gefühl, niemand auf der *Queen* wusste genau, ob er die Kreuzfahrt »liked«, aber alle waren anscheinend gerne dabei. Mit der Zeit gewöhnt man sich an alles, auch an eine Kreuzfahrt. Und man bemerkt nicht einmal mehr das Schaukeln. Inzwischen schien auch jeder auf dem Schiff eine Beschäftigung gefunden zu haben, die sein Herz begehrte. Die Russen spielten Tischtennis, die Araber blubberten wie verrückt, die Deutschen vergnügten sich mit Kreuzworträtseln und Sudokus, die der weise Heinrich kostenlos verteilte, die Amerikaner zockten im Casino am Black-Jack-Tisch. Und alle aßen fünf Mahlzeiten am Tag.

Das Bömbchen hatte allerdings Heimweh nach Miami. Ende November sollte es dort besonders schön sein, die Strände voll und das Wasser warm genug zum Baden. »Noch drei Tage und wir sind zu Hause«, freute sich das sibirische Bömbchen.

Für uns ging das Abenteuer weiter. Wir waren nämlich noch nie in Miami gewesen. Olga hatte extra für Miamis Strände mehrere Badeanzüge eingepackt, die sie auf der *Queen* nicht zu tragen wagte. Das Bömbchen machte uns noch zusätzlich heiß auf ihre Lieblingsstadt. Ein Paradies auf Erden sei Miami, schwärmte sie. Die jungen Kirgisen lachten das Bömbchen aus. Sie meinten, nur San Francisco könne man als vernünftige amerikanische Stadt betrachten. Miami sei eine »Rentnerstube mit Warmwasseranschluss«, urteilten sie abschätzig. Das Bömbchen bestand trotzdem patriotisch weiter darauf, ihr Miami sei ein Garten Eden oder eine Kreuzfahrt, nur ohne Schaukeln: das Essen immer gut, das Wetter immer schön, und alle würden in Badeklamotten herumlaufen. Daraufhin erzählten die Kirgisen einen alten sowjetischen Witz, den wir alle kannten:

Die Frau von Generalsekretär Breschnew sagte zu ihrem Mann, er solle sich den Abend frei halten, sie gingen nämlich zum *Schwanensee*. »Soll ich meine Badehose mitnehmen?«, fragte der senile Generalsekretär.

Miami

An den letzten Tagen vor Miami schienen sogar die Amerikaner vom Frühstücksbüfett und von der Kreuzfahrt im Allgemeinen die Nase voll zu haben. Ihr Appetit ließ stark nach, die Konsumbereitschaft sank. Das Kulturprogramm der deutschen Reisegruppe war ebenfalls erledigt, wir wussten inzwischen alles über Sterne und Schlafstörungen. Der weise Heinrich zeigte uns auf der Karte, wie nahe an Florida wir schon waren. Auf die Frage, wann genau wir in Miami ankämen, antwortete er jedoch ausweichend: »Was lange gärt, wird endlich gut« – eine deutsche Volksweisheit.

Miami

Je näher wir Florida kamen, desto heftiger knallte die Sonne. Die Wolken verschwanden, die Wellen legten sich, der Ozean wirkte wie ein Teich, flach und lauwarm. Delphine kamen und folgten der *Queen* in sicherer Entfernung. Alle Liegen um den Pool herum waren besetzt, und auf der Tischtennisplatte hätte man Spiegeleier braten können. Wir flüchteten vor den Delphinen und der Sonne und fanden den Schatten wie immer an der Bar. Der weise Heinrich verteilte Flugblätter mit einem Miami-Erkundungsprogramm. Er hatte mit den Amerikanern einen »big deal« ausgemacht: Deutsche Touristen, die nicht sofort nach Hause abdüsen wollten und noch nie in Miami gewesen waren, bekamen eine Stadtrundfahrt geschenkt und die wichtigsten Sehenswürdigkeiten der Stadt erklärt – ganz ohne Aufpreis. Drei Sehenswürdigkeiten standen auf dem Programm: ein Aquarium mit tanzenden Delphinen, »Little Havanna« – ein Stadtviertel, in dem Exilkubaner ein kompaktes Zusammenleben betrieben, und das Miami Beach Holocaust Memorial, ein Monument, das an die Millionen ermordeter Juden erinnern sollte.

Das amerikanische Reisebüro hatte seine Flugblätter extra auf Deutsch verfasst, um Missverständnisse zu vermeiden. Dabei hatten die Amerikaner entweder den Google-Translator benutzt, ein Computerprogramm, das stark verbesserungswürdig ist, oder sie hatten einen besonders ausgeprägten Sinn für Humor und wollten sich über die

Die Atlantiküberquerung

deutschen Touristen lustig machen. »Am Holocaust-Mahnmal grüßt Sie der Führer persönlich«, stand auf dem Blatt. Gemeint war unser Reiseführer, der uns direkt am Denkmal treffen wollte.

Olga und ich waren unsicher, ob wir überhaupt Lust auf diese Busreise hatten. Schließlich hatten wir in Miami noch drei Tage Zeit und konnten die Sehenswürdigkeiten der Stadt auf eigene Faust erkunden, ohne gleich vom »Führer persönlich« begrüßt zu werden. Die Kollegen überredeten uns jedoch mitzufahren. In zwei Wochen auf der *Queen* war in unserem kleinen Kollektiv so etwas wie eine Seelenverwandtschaft entstanden. Die Gutenachttante mit ihrem lebenslustigen Mann und die Sterndeuterin aus dem Zirkus waren uns ans Herz gewachsen. Wir hatten in den zwei Wochen gefühlte zwei Fässer Gin Tonic mit ihnen geleert und waren jeden Abend über die Amerikaner hergezogen. Nichts bringt Menschen einander näher, als sich zusammen über andere lustig zu machen. Wir konnten unsere Freunde daher nicht mit dem Führer alleinlassen.

Zunächst einmal erwies sich jedoch der Abschied von der *Queen* als große Herausforderung. Je nach Etage des Schiffes sollten die Passagiere einen bestimmten Ausgang zu einer bestimmten Zeit nehmen und ihre Koffer in der Kabine lassen, damit sie von einer Trägerbrigade nummeriert und in eine Halle am Ufer transportiert werden konnten. Doch die 5000 freiheitsliebenden Amerikaner wollten alle

Miami

gleichzeitig das Schiff verlassen, und zwar so schnell es ging. Und ihre Koffer, prall gefüllt mit den eroberten Sonderangeboten, wollten sie auch nicht aus der Hand geben. *Yes we can*, dachten die Amerikaner und liefen los. Die Ausgänge waren jedoch zu eng. Die Menschen zurück in ihre Kabinen zu verweisen war unmöglich. Die Mannschaft der *Queen* stand vor einer logistischen Sackgasse. Wie kann man etwas Großes und Weiches durch etwas Enges und Festes bringen? Richtig, durch Biegen und Knicken.

Der Abschied von der *Queen* hat vielen Reisenden wehgetan, nur die disziplinierten Deutschen standen in der ihnen zugewiesenen Ecke und warteten geduldig, bis sie aufgerufen wurden.

Nach nicht einmal drei Stunden betraten wir wieder festen Boden. Das Erste, was wir sahen, war der spanische Spatz. Er saß neben dem Mülleimer und pickte an einem Brötchen. Die Kreuzfahrt war an dem Vogel nicht spurlos vorbeigegangen, er wirkte deutlich größer, fetter und frecher, irgendwie amerikanischer als früher.

Die ganze Zeit im Bus, auf dem Weg zum Mahnmal, unterhielten wir uns so intensiv mit den Kollegen, als hätten die zwei Wochen an Bord nicht gereicht, um uns das Wichtigste mitzuteilen: dass wir einander schätzten, achteten und mochten. Schließlich erreichten wir das Memorial. Es war eine aufwendig errichtete Gedenkstätte, bestehend aus mehreren Skulpturen, einer Granitmauer, in die man Namen

Die Atlantiküberquerung

ermordeter Juden eingraviert hatte, einer riesigen, aus der Erde ragenden Faust mit einer KZ-Nummer am Handgelenk, dazu Kolonnaden, Säulen, ein Tunnel und ein Teich. Irgendwie hatte diese Gedenkstätte kein Ende, als wolle sie die ganze Welt umschließen. Die ganze Welt als Gedenkstätte für gequälte und ermordete Menschen. Ich fühlte mich auf jeden Fall als Teil dieses Mahnmals.

Die Sonne strahlte. Ich bekam Durst, hatte aber vorsorglich eine Dose Gin Tonic, in einer Papiertüte eingewickelt, mitgenommen. Also setzte ich mich in den Schatten der Gedenkmauer, öffnete die Dose und überlegte. Seit Anbeginn der Zeit versuchten Tyrannen und Diktatoren auf der ganzen Welt, die Juden zu vernichten. Der ägyptische Pharao hat es versucht, Hitler und Stalin haben es versucht. Sie hatten alle Macht, ihre Pläne zu verwirklichen. Und wo sind diese Tyrannen heute? Alle tot, verflucht und begraben. Und die Juden? Sitzen in Miami im Schatten und trinken Gin Tonic aus der Dose.

Der Führer persönlich regte sich wegen meines falschen Benehmens fürchterlich auf. Er sagte, das sei hier nicht zum Sitzen gedacht, vom Trinken ganz zu schweigen. Aber dann ging es auch schon weiter zur nächsten Attraktion.

»Little Havanna« ist eigentlich nur ein Ort, wo Touristen echte, in Miami produzierte kubanische Zigarren kaufen sollen, von echten Kubanern handgemacht. Die echten aus Kuba dürfe man nicht in die USA einführen, erklärte uns

Miami

der Führer im Bus. Die meisten kubanischen Zigarren, die in Miami angeboten würden, seien aus der Dominikanischen Republik gelieferte Fälschungen, und nur er, der Führer persönlich, wisse genau, wo die richtigen Zigarren von richtigen Kubanern zu holen seien. Diese Ansprache wiederholte er wie ein Mantra auf dem ganzen Weg »downtown«.

Uns wurde klar, dass unsere Stadtrundfahrt in Wahrheit eine von der Zigarrenlobby lancierte Butterfahrt war. Die »richtigen Kubaner« warteten bereits auf uns. Wir gingen in einen Laden, der einem Tunnel glich. Im ersten großen Raum lagen Kisten mit einfachen billigen Zigarren für jedermann; im nächsten Raum, der etwas enger und edler aussah, lagen die dickeren teuren Zigarren; und im letzten kleinen Raum lagen die Schätze: von kubanischen Jungfrauen per Hand auf ihren Oberschenkeln mit Liebe gedreht, für zwanzig Dollar das Stück.

Die Kubaner hatten hier in Miami eine aggressive Verkaufsmasche drauf. Wenn jemand höflich »nein danke« sagen wollte, steckten sie ihm sofort eine Zigarre in den Mund. Ein schneller Rückzug war unmöglich, denn hinter uns drängten bereits die nächsten Touristen in diesen Zigarrentunnel. Man konnte sich also gegen das Angebot kaum wehren. Meine Frau hatte den Laden gar nicht erst betreten. Sie ist nicht neugierig und eher ein Gewohnheitsmensch. Sie trinkt Weißwein immer mit Wasser, sie mag keine Delphine, und sie raucht keine Zigarren. Als ich nach einer halben Stunde mit einer über-

Die Atlantiküberquerung

dimensionalen riesigen Zigarre im Mund an die frische Luft kam, lachte Olga mich aus. Sie meinte, ich würde wie der Kapitalist in einer alten sozialistischen Karikatur aussehen.

Die Kubaner standen und saßen um uns herum auf der Straße. Sie saßen in der Hocke, auf Plastikstühlen, auf dem Bordstein oder einfach auf der Erde. Sie schauten nach links und rechts und auf die Uhr. Es schien, als würden sie auf den Bus warten. Einen Bus mit Touristen vielleicht, denen sie ihre Zigarren verkaufen könnten.

»Nein, nein«, meinte der Führer, »sie warten auf Kuba. Sie warten darauf, dass das kommunistische Regime kippt und sie endlich nach Hause dürfen. Als der große Bruder der kubanischen Revolution, die Sowjetunion, auseinanderfiel, dachten viele hier, jetzt käme der Bus. Aber er kam nicht. Später dachten sie, George W. Bush, der böse über die kubanischen Kommunisten schimpfte, könne den Busfahrer machen, der sie in die Heimat fuhr. Aber nein, der Bush steuerte an Kuba vorbei in die irakische Sackgasse. Zuletzt machten sie sich große Hoffnungen, als Fidel starb. Da tanzte die ganze Bushaltestelle in Miami. Doch irgendwie scheint die Insel immun gegen den Lauf der Zeit und unerreichbar für die Auswanderer zu sein. Möglicherweise warten sie auf einen Bus, den es gar nicht gibt«, meinte der Führer.

Auf den Tanz der Delphine im Aquarium verzichteten wir höflich – unter dem Vorwand, Olga würde an einer seltenen Krankheit, einer Delphin-Phobie, leiden.

Miami

Der weise Heinrich hatte uns in der Stadt im Hotel *Miami Paradise* ein Zimmer für drei Nächte gebucht. Wir verabschiedeten uns von der Truppe.

»Ihr kommt doch klar, oder?«, fragte Heinrich besorgt. »Ihr versteht doch, was die hier sagen?«

Damit sprach er ein Problem an, das mich bereits auf dem Schiff etwas bedrückt hatte. Die Amerikaner verstanden unser Englisch nicht. Eigentlich hielten wir unsere Englischkenntnisse für durchaus ausreichend. Meine Frau und ich hatten beide viele Jahre Englisch in der sowjetischen Schule gehabt. Doch jedes Mal, wenn ich mit Amerikanern Englisch sprach, boykottierten sie meine Sprachkenntnisse. Sie taten, als würden sie mich überhaupt nicht verstehen. Wenn ich aber mit meinen Landsleuten, mit Russen aus Miami, Englisch sprach, verstanden wir uns wunderbar.

Daraufhin hätte ich beinahe eine paranoide Verschwörungstheorie entwickelt: Es wäre doch durchaus möglich gewesen, überlegte ich, dass die Lehrer uns damals in der Sowjetunion extra ein falsches Englisch beigebracht hatten, damit wir uns später in der kapitalistischen Welt nicht mit dem Klassenfeind verständigen konnten. Allein die Tatsache, dass meine Landsleute in Amerika mein Englisch wunderbar verstanden, deutete darauf hin, dass wir alle dasselbe Falsche gelernt hatten. Das Ganze erinnerte mich an einen russischen Film über einen Englischlehrer in einem kleinen Dorf, den alle Schüler sehr mochten. Sie gaben sich große

Die Atlantiküberquerung

Mühe im Unterricht, allein um diesem Lehrer zu gefallen. Erst Jahre später stellten sie fest, dass ihr Lieblingslehrer ihnen die ganze Zeit Hebräisch statt Englisch beigebracht hatte.

Das Hotel *Miami Paradise* befand sich dreihundert Meter vom Strand entfernt in einem kleinen Park mit Eichhörnchen, die ohne Scheu zwischen den Menschen herumsprangen und hofften, etwas zu Essen zu bekommen. Aber die Leute gaben den Eichhörnchen nichts. Sie lagen und saßen auf der Wiese unter den Bäumen und neben den Büschen. Manche benutzten Rucksäcke als Kopfkissen, andere waren in schmutzige Decken gehüllt. Sie sahen nicht gesund aus und rochen streng. In der Sowjetunion hatte uns das ideologisch ausgerichtete Fernsehen jeden Tag über arme amerikanische Obdachlose informiert, die angeblich unter Brücken schliefen. Wir hatten damals darüber gelacht und diese Sendungen für pure Propaganda gehalten. Warum sollten Menschen im reichsten Land der Welt unter Brücken schlafen? Nun sahen wir sie mit eigenen Augen. Ich hatte nicht erwartet, dass es so viele wären, und wollte mehr über sie erfahren. Zufälligerweise hatte das *Miami Paradise* eine russische Empfangsdame und einen russischen Barkeeper, wir konnten uns also gut auf Englisch unterhalten. »Das sind die Penner«, erklärten sie uns freundlich. Die kämen jedes Jahr im Winter nach Miami, weil es hier warm sei und man unter freiem Himmel schlafen könne. So wie die Gänse in den

Miami

kalten Monaten nach Süden ziehen, so ziehen die Penner von ganz Amerika nach Miami.

»Sie sind glücklich, hier in der Sonne zu sitzen, sie lieben es!«, klärten uns die Russen auf.

»Aha!«, sagten wir diplomatisch. »Dann ist es ja gut.« Andere Länder, andere Sitten.

Ich hatte auch erst einmal ein anderes Problem. Im Bad des Hotelzimmers stand eine Waage unter dem Waschbecken. Zuerst dachte ich, das Gerät sei kaputt, es zeigte fast 200 Pfund an. Meine Frau hatte recht, wenn sie mich immer wieder warnte, man solle nie auf eine fremde Waage steigen, weil das nur Enttäuschungen bringe. Die zweiwöchige Kreuzfahrt, das gastronomische Überangebot auf dem Schiff und der natürliche Bewegungsmangel, der durch längere Sitzzeiten an der Bar entstanden war, hatten mir einige zusätzliche Pfunde eingebracht. Ich beschloss daher, in Miami joggen zu gehen. Bislang kannte ich diese Stadt nur aus Filmen oder Serien, in denen in Miami stets die Sonne schien und im Hintergrund immer jemand mit Stirnband und Kopfhörer am Wasser entlangjoggte.

Am nächsten Morgen schlich ich mich auf Zehenspitzen aus dem Zimmer, um Olga nicht zu wecken, ging an der schlafenden russischen Empfangsdame vorbei aus dem Hotel und machte einen Bogen um die glücklichen Penner im Park. Der Himmel war bedeckt, die Strände leer, kein Mensch joggte am Ufer entlang. Die Stadt wirkte wie ausgestorben, nur auf den Bänken boomte das Leben. Ich lief ein paar Kilometer in die eine, dann in die andere Richtung. Erst beim Joggen wurde mir das Ausmaß der sozialen Katastrophe bewusst. Auf der ganzen Strecke waren in beiden Richtungen alle Bänke und Ecken mit Not leidenden Menschen besetzt. Wahrscheinlich waren es Kranke ohne Krankenversicherung und Rentner ohne Rente. Sie waren überall. Unter jeder Palme, hinter jedem Zaun saßen oder lagen sie und umarmten ihren bescheidenen Haushalt. Die Einheimischen, die eine hohe Toleranz den Eichhörnchen gegenüber an den Tag legten, konnten für ihre Artgenossen kein gutes Wort finden.

Beim Frühstück im Hotel geriet ich wieder in eine Diskussion mit den einheimischen Russen, die mir, zack, zack, die Rückseite des amerikanischen Traums erklärten.

»Wir sind ein von Gott gesegnetes Land«, sagten sie. »Bei uns in Amerika kann jeder eine gute Lebensqualität erreichen. Die Penner, die du am Strand gesehen hast, sind alle selbst an ihrem Unglück schuld. Hätten sie hart gearbeitet, eine Hypothek aufgenommen und ein Haus gekauft, dann müssten sie jetzt nicht auf der Bank schlafen. Es sind schlechte, faule Menschen, die ihr Schicksal verdient haben«, behaupteten die russischen Amerikaner.

»Okay«, nickte ich. »Schlechte, faule Menschen liegen in großen Mengen vor eurem Hotel und riechen streng. Mindert diese Tatsache nicht eure Lebensqualität? Wird dadurch

Miami

eure Hypothek nicht wertloser? Wäre es nicht besser, wenn euer Staat diesen Menschen ein Dach über dem Kopf geben, sie waschen und ihnen etwas zu essen geben würde?«

»Ja, das wäre vielleicht schon besser«, meinten sie. »Aber wer soll das bezahlen? Wir haben selbst eine Hypothek abzutragen, wir zahlen für die Penner nicht.«

Nach dem Frühstück gingen wir zum Strand. Wir hatten uns damit abgefunden, dass man in Miami die Menschen in zwei Kategorien teilte, in Penner und Touristen, obwohl die einander manchmal zum Verwechseln ähnlich sahen. Die armen Leute auf den Bänken schienen sich mit ihrem Schicksal abgefunden zu haben. Sie betrachteten diese Bänke als ihr Hotelzimmer. Mit der hiesigen Polizei hatten sie einen Deal: Sie gingen nicht ins Wasser und belästigten die Touristen nicht, dafür wurden sie von den Ordnungshütern in Ruhe gelassen und durften auf den Bänken schlafen.

Tagsüber sah Miami wie Teneriffa aus. Die Hotels, alle in den Siebzigerjahren gebaut, ragten wie Betonklone aus dem Sand, kaum voneinander zu unterscheiden. Laufburschen patrouillierten am Wasser entlang und verkauften unermüdlich Cocktails, Sonnenschirme, Brillen, Hotdogs, Liegestühle, Süßigkeiten und Karten für Konzerte. Über uns flog alle zehn Minuten sehr tief eine Propellermaschine, die ein halberhimmelgroßes Werbebanner hinter sich herzog. Darauf eine lächelnde Blondine mit Maschinengewehr und Dollarzeichen, die wie Fragezeichen aussahen. Wir konnten

Die Atlantiküberquerung

die Botschaft dieser Werbung nicht richtig deuten. »Knall alle ab zum halben Preis« oder so ähnlich sollte es wahrscheinlich heißen.

Abends bekam die Stadt Hunger. Die faulen, schlechten Menschen servierten ihre bescheidenen Speisen auf den Bänken, die reichen Touristen gingen in Restaurants. Genau genommen gingen sie nicht, sondern fuhren in riesigen Schlitten langsam die Promenade entlang, die Männer in schicken Anzügen, die Frauen in Abendkleidern, als wären sie einem Hollywoodfilm über das schöne Leben entsprungen. Wir sahen Rapper in tief hängenden Hosen und riesigen T-Shirts, Frauen in kurzen Röcken und großen Oberteilen mit tiefen Dekolletés und Polizisten in dunklen Sonnenbrillen, die das Licht suchten, weil sie sonst nichts sahen. Außerdem standen vor jedem Restaurant Laufkellner, deren Aufgabe es war, das vorbeiflanierende Publikum in ihr Lokal zu locken. Sie lächelten uns an und priesen laut die Gastfreundschaft ihrer Häuser. Sie boten zwei Essen zum Preis von einem an und versprachen einmaliges Entertainment direkt am Tisch.

Manche dieser Boys waren nicht mehr die Jüngsten. Einer war gut über fünfzig, er eiferte besonders hektisch, lachte, witzelte und gestikulierte. »Hey, hey, hey!«, rief er. »Nur hier und nur heute Abend! Erleben Sie das beste Fischfood von ganz Miami und dazu noch ...« Plötzlich brach er mitten im Satz ab und ohrfeigte sich. Sein Gesicht wurde rot, das einladende Lächeln verschwand. Seine ganze Pose strahlte

Miami

tiefe Verzweiflung aus. »*Yes I can*«, sagte er leise und lächelte wieder mit neuer Kraft.

Voller Angst und Neugier gingen wir auf seine Einladung ein. Wir hatten noch nie einen sich selbst ohrfeigenden Laufkellner gesehen. Drinnen kamen sofort drei Kollegen an unseren Tisch: der Bestellkellner, der Drinkskellner und der Servierkellner. Der eine war Rumäne, die zwei anderen kamen aus Haiti. Das Essen war gut und preiswert, dafür die Weine unsäglich übertebuert. Der einzig bezahlbare Wein war ein deutscher Riesling aus der Pfalz.

»Wir hätten gern den Riesling«, sagte meine Frau. Prompt schenkte man uns eine eklige süße Brause ein. Nach dem ersten Schluck vertiefte sich meine Frau in eine aussichtslose Diskussion mit dem Drinkskellner über die Rieslings aus der Pfalz.

»Das ist kein Riesling, das ist ein süßer Wein«, sagte sie auf Sowjetisch-Englisch.

»Ja«, sagte der Drinkskellner auf Haitianisch-Englisch, »natürlich. Deutscher Riesling ist immer süß.«

»Erzähl mir nichts von deutschem Riesling«, sagte Olga. »Wir kommen aus Deutschland, wir wissen, wie deutscher Riesling schmeckt. Der ist niemals so süß.«

»Deutscher Riesling ist immer süß!«, insistierte der Kellner.

»Lass uns gehen, Liebling«, versuchte ich diplomatisch zu schlichten.

Die Atlantiküberquerung

Wenn wir das richtig verstanden hatten, arbeiteten all diese Menschen ganz ohne Lohn, nur für ihr Trinkgeld, und der Drinkskellner war prozentual noch zusätzlich an dem deutschen Riesling beteiligt.

In den drei Tagen Miami haben wir mehr Geld ausgegeben als in den zwei Wochen auf der *Queen*. Wir hatten alle Hände voll zu tun. Wir fütterten die Eichhörnchen im Park, wir fütterten schlechte, faule Menschen auf den Bänken, abends fütterten wir die Kellner, die uns als Gegenleistung mit süßem Riesling beschenkten. Was für ein seltsamer Entwurf von einem *paradise*. Ich erinnerte mich an den deutschen Dichter Friedrich Nietzsche, der einmal schrieb: »Glattes Eis – ein *paradise,* für den, der gut zu tanzen weiß.« Als hätte er über Miami geschrieben.

Am Tag unserer Abreise streikte die Lufthansa. Die deutschen Piloten waren schon wieder der Meinung, sie würden zu wenig verdienen und zu kurz Urlaub haben. Alle Flüge wurden gestrichen. Uns gruselte es bei der Vorstellung, noch länger im *Miami Paradise* zu bleiben. Wir riefen den weisen Heinrich in Hannover an, der sich aus dem Bett schmiss, seine Beziehungen spielen ließ und uns auf Swiss Air umbuchte. Mit sechsstündiger Verspätung, müde, aber glücklich, verließen wir das amerikanische Paradies.

KAPITEL 2

Die Mittelmeerkreuzfahrt

Katakolon – Santorin – Athen

Noch Monate nach unserer Rückkehr aus Miami traf ich ständig Menschen auf der Straße, die beim Gehen schaukelten, als wären sie leicht betrunken. Das sind bestimmt Kreuzfahrttouristen, die zu viele Seetage hinter sich haben, dachte ich. Kreuzfahrten waren groß im Kommen. In der Zeitung hatte ich gelesen, immer mehr Deutsche würden dem Festland adieu sagen, unzählige neue Schiffe würden gebaut, und die bisherigen seien komplett ausgebucht. Unsere Kreuzfahrt mit der *Queen* hatte uns jedoch für eine Weile die Lust an solchen Abenteuern ausgetrieben.

Der Sommer in Berlin hatte spät angefangen. Wir überlegten, vielleicht eine Flussfahrt in Brandenburg zu unternehmen, wo man neuerdings ein ganzes Hausboot mieten und von See zu See fahren konnte mit allem, was einem wichtig und lieb war, von der Tischtennisplatte für die Kinder bis zum Fernsehsessel für die Oma. Andererseits schien es sehr dekadent und sinnlos, das ganze Haus mit in den Urlaub zu nehmen. Wir stritten lange, was mit aufs Boot durfte, und dann war der Sommer auch schon vorbei. Es wurde kälter. Eines Tages im November kam eine Einladung von AIDA: Man bot

Die Mittelmeerkreuzfahrt

Olga und mir an, für eine Gegenleistung von insgesamt drei Lesungen, jeweils vormittags, zwei Wochen lang im Mittelmeer auf einem mittelgroßen Schiff mit kulturinteressiertem deutschem Publikum mitzuschwimmen: Mallorca, Malta, Volos, Piräus, Rhodos, Santorin, Kreta. Danach sollte das Schiff ohne uns durch den Suezkanal Richtung Abu Dhabi weiterfahren. Wir sagten zu, flogen nach Mallorca und wurden sehr herzlich von zwei freundlichen Blondinen namens Silvia und Annette in Empfang genommen, die als Unterhaltungsoffiziere auf der AIDA Wache schoben.

Wenn die amerikanische *Queen* am ehesten einer schwimmenden Kaufhalle ähnelte, so glich unsere AIDA einer schwimmenden Kneipe. Ihre Gäste – die meisten davon Stammgäste auf dem Schiff – hatten schon längst jede Lust aufs Festland verloren. Man konnte sie nur mit Gewalt zu den Sehenswürdigkeiten Griechenlands zwingen. Manche wurden von den Unterhaltungsoffizieren buchstäblich von Bord geschubst.

»Was verpassen wir schon?«, stritten sich die Passagiere mit Silvia und Annette, die sie zu Ausflügen animieren wollten. »Wir bleiben lieber an der Bar, hier ist die Welt noch in Ordnung. Solange es unter unseren Füßen schaukelt, kann uns nichts Schlimmes passieren.«

Das Frühstück war offiziell um 11.00 Uhr zu Ende, ab 12.00 gab es schon ein üppiges Mittagessen, und eine Grillstation auf Deck 11 sorgte von 15.00 bis 18.00 Uhr für einen

Die Mittelmeerkreuzfahrt

schmerzfreien Übergang, bis die Restaurants zum Abendessen läuteten. Um 20.00 Uhr begann die Happy Hour auf allen Ebenen des Schiffes: zwei Cocktails zum Preis von einem und laute Musik, die jeden im Chor mitsingen ließ. Alle Passagiere kannten die alten Schlager, deren Texte und Melodien wie aus einer anderen Welt kamen, einer Welt, in der die Menschen keine Sorgen hatten außer Liebeskummer. Die Passagiere tobten und johlten, sie trafen sogar den richtigen Ton: Schön war es auf der Welt zu sein, wir alle wollten heute glücklich sein, und die Freiheit musste grenzenlos sein.

Meine Frau und ich verpassten keinen Tanzabend: Am ersten Tag waren wir zwar noch nicht ganz textsicher, aber die Partystimmung überwältigte uns. Bald konnten wir die Lieder auswendig – es wurden zum Glück immer dieselben gespielt. Also liefen wir mit den anderen Passagieren atemlos durch die Nacht, übrigens ohne vom Barhocker aufzustehen. Marmor, Stein und Eisen brachen zuverlässig, und manchmal brach auch der eine oder andere Gast, wurde aber von geschultem Personal sofort aufgehoben und sauber gemacht. »Stößchen!«, riefen die Unterhaltungsoffiziere Silvia und Annette, die selbst nur Wasser zu sich nahmen, aber stets dafür sorgten, dass sich alle Gäste betranken. In betrunkenem Zustand wurden die Menschen kommunikativer, neue Bekanntschaften wurden geschlossen, Paare fanden zueinander.

Die meisten Passagiere auf unserer AIDA waren ältere

Die Mittelmeerkreuzfahrt

Ehepaare, die mit voller Kraft auf ihre goldene Hochzeit zusteuerten. Sie hatten quasi ihre Prüfung in sozialer Kompetenz schon bestanden. Sie brauchten gar nicht mehr viel miteinander zu reden, um vom jeweils anderen gehört und verstanden zu werden. Mit rührender Aufmerksamkeit bestellten die Männer Getränke für ihre Frauen, und auch die Frauen wussten immer genau, was ihre Männer wollten. Viele Paare ähnelten einander sogar äußerlich wie Bruder und Schwester. Einige trugen Partnerlook. In einem klugen Buch habe ich einmal gelesen, dass Menschen, die einander über längere Zeit in die Augen schauen, unbewusst Gesichtszüge und Mimik ihres Gegenübers übernehmen. Sogar alleinstehende Hundebesitzer haben beim morgendlichen Gassigehen genau den gleichen Ausdruck wie ihre Tiere. Aber anders als Hundebesitzer, die sich von ihren vierbeinigen Freunden in jede Richtung ziehen lassen, konnten unsere Ehepaare erstaunlich harmonisch tanzen: Sie beherrschten Walzer, Samba, Rumba und Cha-Cha-Cha. Manche konnten sogar Tango. Anscheinend verwendeten diese Menschen das Tanzen als Kommunikationsmittel, um wichtige Inhalte auszutauschen, die mit Worten nicht auszudrücken waren. Mit der Zeit nutzen sich diese offenbar ab und können unsere Gefühle und Gedanken nicht mehr transportieren.

Ein sächsisches Ehepaar, mit dem wir uns angefreundet hatten, gestand beim Cocktail, sie hätten einmal wegen einer Familienkrise sogar eine Tango-Therapie gemacht. Das

Die Mittelmeerkreuzfahrt

gemeinsame Tanzen donnerstags und samstags sollte die Familie retten. Es hat zwei Jahre gedauert und eine Menge Samstage gekostet, bis sie wieder zueinanderfanden. Nun waren sie, Gott sei Dank, längst wiedervereint und brauchten keine Therapie mehr, konnten aber trotzdem mit dem Tango nicht mehr aufhören.

Ein schwäbisches Ehepaar, mit dem wir uns ebenfalls an der Bar angefreundet hatten, erzählte uns, sie hätten sich vor tausend Jahren beim Rock'n'Roll-Tanzkurs in Schwieberdingen kennengelernt. Die Frau, die schon damals ziemlich rundlich gewesen war, wollte diesen wilden Tanz gern lernen, hatte aber keinen vertrauenswürdigen Partner gefunden. Alle Männer im Tanzkurs waren von zierlicher Natur und entweder zu jung oder zu gebrechlich. Sie hätten die Frau im Schwung nicht halten können. Nur einer war stämmig und groß genug und bot entschlossen seine Dienste an. Beim Tanzen kamen sie einander näher. Sie hatten vor über dreißig Jahren geheiratet und waren vor drei Jahren in Rente gegangen, wobei sie sich für zwei Hauptbeschäftigungen im Ruhestand entschieden: Kreuzfahrten und Rock'n'Roll.

Auch das sächsische Ehepaar war, wie viele andere auf unserem Schiff, schon seit Jahren auf Kreuzfahrten spezialisiert. Wir lernten Menschen kennen, die fünf Kreuzfahrten im Jahr machten, andere waren ein halbes Jahr ununterbrochen unterwegs und gingen nur widerwillig überhaupt noch von Bord. Als Frühbucher bekamen sie bei AIDA

Die Mittelmeerkreuzfahrt

Weltreise-Rabatt, dazu einen Preisnachlass bei der Wahl einer Innenkabine ohne Fenster. Man könne sehr gut darin schlafen, erzählten uns die Schwaben, die schon einmal eine solche Reise durchgemacht hatten: 116 Tage mit einem angemalten Fenster an der Kabinenwand.

Ich hätte Angst vor so einer Weltreise. Ein halbes Jahr im Dunkeln zu schaukeln, ohne zu wissen, ob es draußen hell war, ob die Sonne am Himmel strahlte, ob das Schiff nicht längst untergegangen war und ob es die Welt überhaupt noch gab – für mich wäre das eine ziemlich erschreckende Vorstellung.

»Herr Kaminer«, sagte der Schwabe zu mir, »ich bin selbst Bauingenieur, und ich kann Ihnen versichern, das ist reine Gewöhnungssache. Fenster werden in der heutigen Welt weitgehend überbewertet. Außerdem«, der Schwabe zwinkerte mir zu: »Wir kennen da einen Trick: Wir lassen einfach die ganze Zeit das Licht in der Toilette an und die Tür einen Spalt auf. Dann sieht es beim Aufwachen aus wie ein Sonnenaufgang. Tagsüber müssen Sie ja sowieso nicht in der Kabine sitzen, da gehen Sie ins Restaurant. Abends trinken Sie sich schön in den Schlaf, und schon ist die Weltreise vorbei. Wozu Fenster? Was verpassen Sie denn schon? Natürlich kann man ab und zu interessante Landschaften bewundern, doch Hand aufs Herz, so sehenswert ist die Welt da draußen auch wieder nicht, dass man nur für ein kleines Bullauge in der Wand den doppelten Preis bezahlt. Oder?«

Die Mittelmeerkreuzfahrt

Beide Paare, die Schwaben und die Sachsen, erwiesen sich nicht nur als gute Tänzer, sondern als spannende Gesprächspartner. Allerdings hatten sie Schwierigkeiten, miteinander zu reden, und benutzten uns Russen als Vermittler.

»Es sind dieses Jahr sehr viele Ostdeutsche an Bord«, seufzte die Rock 'n' Roll-Frau aus Schwieberdingen. »Da muss AIDA ein superbilliges Angebot rausgeknallt haben.«

Der sächsische Tangotänzer fiel beinahe vom Stuhl ob dieser Frechheit. »Hallo? Entschuldigen Sie bitte, ich verstehe Ihren Dialekt nicht, haben Sie gerade ›Ostdeutsche‹ gesagt? Wissen Sie denn nicht, dass Deutschland sich schon vor beinahe dreißig Jahren wiedervereinigt hat? Oder hat man Sie darüber nicht informiert?«

»Und trotzdem zahlen wir noch immer den Solizuschlag«, erwiderte die schwäbische Frau. »Wir helfen immer gern, wir tragen also anteilig die Kosten für Ihre Kreuzfahrt. Was haben Sie eigentlich bezahlt?«

Die Sachsen nahmen sich zusammen. »Sie scheinen nicht zu wissen, dass auch wir den Soli zahlen. Alle zahlen den Soli.«

Das hatte das westliche Paar tatsächlich nicht gewusst. Nach einer Diskussion kamen sie zum Schluss, dass es schon in Ordnung war, dass sie füreinander zahlten. Aber dass sie auch noch für Griechenland zahlen mussten, fanden sie unfair. Beide Seiten hänselten einander auch beim Frühstück. Die Sachsen machten sich über die schwäbische

Die Mittelmeerkreuzfahrt

Geschäftigkeit lustig, weil die Schwaben immer prüften, ob Teller und Tassen tatsächlich sauber gespült waren. Außerdem versuchten sie, sich »auf Vorrat« zu ernähren und machten auch vor den exotischsten Früchten nicht halt, die sich sonst keiner anzufassen traute. Dazu nahmen sie allerdings auch die Wurst.

Die Sachsen zeigten sich ebenfalls weltoffen. Sie probierten alles querdurch, konnten aber der Exotik nichts abgewinnen. Alle exotischen Früchte würden gleich fade schmecken, klagten sie und wurden daraufhin von den Nachbarn sofort als stures Querulantenvolk ausgelacht.

* * *

Ich hatte meine Aufgabe, »drei Lesungen am Vormittag« auf der AIDA zu absolvieren, total unterschätzt. Ich lese viel und gern vor Publikum, daher hatte ich gedacht, drei Lesungen in zwei Wochen würde ich locker hinbekommen. Doch eine Lesung irgendwo in Schwieberdingen, in einer Stadthalle oder in einem Club, kann man mit einer Lesung auf der AIDA nicht vergleichen. In Schwieberdingen gehen die Zuhörer nach der Lesung nach Hause. Auf der AIDA können sie das nicht. Es war eine 14-tägige Lesung, meine Zuhörer hatte ich immer dabei: beim Frühstück, beim Mittag- und beim Abendessen, später ab 20.00 Uhr an der Bar. Die Lesungen verwandelten sich in politische Diskussionen darüber, ob die Welt draußen noch eine Chance hatte.

Die Mittelmeerkreuzfahrt

Mir war das nur recht. Zu manchen Zeiten schreibt die Realität spannendere Geschichten als jeder Literat. Die Welt, die uns unter den Füßen schaukelte, spielte gerade verrückt. Mit Witz und Charme steuerte sie ihrem Untergang entgegen. Es schien, als hätten die Menschen überall die Nase voll – von der Globalisierung, die ihre Städte und Straßen gesichtslos machte; von politisch korrekten, glatt rasierten Regierungschefs ohne Schnurrbart und ohne Charisma; von permanenten Finanzkrisen, undurchsichtigen Handelsverträgen und von der einseitigen, unglaubwürdigen Berichterstattung. Überall knallte es: in Amerika, in der EU, in der Türkei, in Russland. Im Nahen Osten knallte es unverändert seit über hundert Jahren. Ich war aber wie immer für Russland zuständig. Die Sachsen fragten mich, wieso Mütterchen Russland auf einmal wie eine wilde Bestie um sich schlug und zwar gegen die eigene Schwester, die Ukraine, ein Land, das Russland am nächsten stand. Das konnten sie nicht verstehen.

»Na ja«, antwortete ich vage, »möglicherweise fühlte sich Mütterchen Russland vom Westen betrogen. Nach dem Fall des Sozialismus sah es eine Weile so aus, als würden die beiden bald heiraten. Aber statt zum Licht des Altars hat der Westen das Mütterchen in den dunklen Park des Kapitalismus geführt, ihm die Taschen geleert und es auf einer schmutzigen Bank allein sitzen gelassen. ›Warte hier auf mich, Liebling, ich bin nur kurz um die Ecke, Bier holen‹, hat der Westen das Mütterchen beruhigt. Die Braut hat lange gebraucht, um zu verstehen, dass aus der Heirat nichts werden würde. Ein anderes Mädel war ihr wohl zuvorgekommen. Daraufhin torkelte sie wütend durch den Park auf der Suche nach der Schlampe, der sie die Schuld für das eigene Versagen geben konnte, und schau: Da stand gerade die Schwester Ukraine unter der Laterne und rauchte eine lange Zigarette. Der Konflikt war in dieser Situation unvermeidlich«, meinte ich.

Auch das politische Erdbeben in der Türkei war Thema auf dem Schiff. Als Erdogan seine politischen Gegner aus dem Parlament holte und in den Knast steckte, Journalisten unter Arrest stellte und die Todesstrafe in der Türkei einzuführen drohte, suchten wir türkische Passagiere, die uns die Lage erklären konnten, und fanden welche – aus Köln. Sie wussten allerdings selbst nicht so genau Bescheid, was in ihrer Heimat gerade passierte. Sie telefonierten mit ihren Verwandten in Istanbul und erzählten uns am nächsten Tag, die Türkei sei noch nicht verloren, sie sei und bleibe kulturell in Europa verwurzelt, und kein Erdogan könne das Land diesem Europa entreißen.

Als Marine Le Pen in Frankreich beinahe die Präsidentschaftswahl gewann, versicherte uns ein Paar aus Saarbrücken, lieber würden die Franzosen sterben, als auf ihre Freiheit zu verzichten. Es gäbe kein anderes Volk auf Erden, das die Meinungsfreiheit und das solidarische Zusammenleben mehr schätzte als die Franzosen. Natürlich hätten auch sie

Die Mittelmeerkreuzfahrt

Angst vor der Zukunft und wüssten nicht, wie es weitergehen solle, doch eins wüssten sie genau: Niemals würden sie ihre Freiheit gegen Sicherheit eintauschen, ganz egal, was ihnen die Populisten versprechen mochten, sagte die Französin.

Dann ließ der amerikanische Präsident Trump Syrien bombardieren und schickte Flugzeugträger nach Nordkorea.

»Warum haben wir unsere Atomwaffen noch nie eingesetzt, wir haben sie doch für irgendwen gebaut!«, wütete er.

Wir hatten auf der AIDA keinen Amerikaner, der uns die Worte seines Präsidenten hätte erklären können.

»Jetzt haben nicht nur die Russen oder Türken, sondern auch die Amerikaner einen Präsidenten, der mit den Eiern denkt. Wenn sie alle aufeinanderknallen, wird es ein großes Spiegelei geben«, befürchteten die Schwaben. »Das Festland scheint verloren«, meinten sie abends an der Bar.

»Wir brauchen gar nicht mehr von Bord zu gehen. Sollten wir hier sterben, wissen unsere Kinder wenigstens, wo wir sind«, gaben die Sachsen dazu.

»Prost! Auf ex!«, riefen die stocknüchternen Unterhaltungsoffiziere Silvia und Annette.

Nach einer längeren Zeit an der Bar hatten wir zusammen eine »Bundesrepublikanische Immunitätstheorie« entwickelt, die erklären sollte, warum Menschen überall Hetzern und Populisten so leichtsinnig auf den Leim gingen und den Schurken glaubten, die Fremdenhass säten, während sich in Deutschland die Erfolge der Populisten in Grenzen hielten.

Die Mittelmeerkreuzfahrt

»Weil Deutschland das einzige Land ist, in dem alles festgeschraubt ist«, meinte ein Kreuzfahrer aus Brandenburg, der beruflich innerhalb eines Jahres mit Frau und kleinem Kind mehrmals den Wohnsitz wechseln musste. Er teilte Völker und Länder in drei Gruppen ein: Im Osten gab es viele Länder, in denen traditionell alles »optional« festgeschraubt wurde. Einmal ans Waschbecken gelehnt, hast du es schon in der Hand. Zu fest an der Gardine gezogen, knallt dir die Gardinenstange auf den Kopf. Auf Kinderspielplätzen kann man das Kind in die Schaukel setzen, sollte es aber auf alle Fälle festhalten. Und lieber nicht schaukeln!

Zur zweiten Gruppe gehörten Länder, die am Waschbecken oder an der Gardinenstange vielleicht ein paar Schrauben sparten, an der Schaukel aber nicht, weil Kinder heilig waren. Da hörte der Spaß auf, und man musste die Schrauben ordentlich anziehen.

Gruppe drei war Deutschland – ein Land, in dem jede Schraube stramm festgezogen wurde, wie es die Vernunft gebot. Sollte jemals ein Meteorit auf die Erde knallen, meinte der Brandenburger, würden jede Menge Schrauben locker, Waschbecken und Schaukeln würden durch die Luft fliegen, nur in Deutschland bliebe alles, wie es war, weil: festgeschraubt.

»Jawohl! Und Stößchen!«, riefen die anderen Kreuzfahrer ihm zu.

Wie eine unentschlossene Arche Noah schwebte unser

Die Mittelmeerkreuzfahrt

Schiff atemlos durch die Nacht von einem Meer ins andere. Alle hatten längst die Hoffnung aufgegeben, ein vernünftiges, von Gott gesegnetes Land zu finden. Tagsüber ging das Schiff zwar vor Anker, doch die Kreuzfahrer hatten keine Lust aufs Festland.

»Wir bleiben lieber an der Bar, sie soll unsere Insel der Glückseligen werden«, sagten viele. »Ist doch nichts dabei. Ganz Griechenland besteht aus tausend kleinen Inseln, da sollte unsere Bar als eine zusätzliche Insel gar nicht auffallen.«

Meine Frau und ich gingen trotzdem fast jeden Morgen gleich nach dem Frühstück von Bord, immer in einer anderen Stadt, die allerdings der vorherigen ziemlich ähnlich war. Die griechischen Städte sahen alle wie die Akropolis aus. Überall lagen Steine und standen Kräne, das Land bebte unter unseren Füßen. Es wankte und schwebte in einem bizarren Zustand zwischen Museum und Baustelle.

Die Griechen waren wie die Russen keine Arbeitstiere. Bei den vielen Steinen, die hier herumlagen, wussten sie auch gar nicht, wo sie anfangen sollten oder warum überhaupt. Und wieso ausgerechnet jetzt, wo sie doch schon so lange nichts gemacht hatten. Also saßen sie zwischen den Steinen auf Plastikstühlen, tranken Ouzo aus kleinen Bechern und sonnten sich, als gäbe es nichts zu tun. Früher waren hier Götter für alle Lebensbereiche zuständig gewesen. Es gab einen Gott für Wein und einen für die Küche, eine Göttin

Die Mittelmeerkreuzfahrt

für die Liebe, einen Gott für Geldgeschäfte und einen für die Landwirtschaft. Mehrere Götter waren allein für gutes Wetter zuständig. Egal was kam, der Grieche wusste immer, welcher Gott gerade dran war. Aus noch unbekannten Gründen haben die Götter Griechenland allerdings inzwischen verlassen. Seitdem stehen die Baustellen still. Es regnet jedes Jahr von Herbst bis Frühling, und im Sommer wagt man sich wegen der Sonne kaum aus dem Haus. Die Griechen sind auf die alten Götter sauer und christlich-orthodox geworden. Auch das verbindet sie mit den Russen.

In jeder Stadt wurden wir von Einheimischen sofort auf Russisch angesprochen. Selbst wenn wir schweigend an ihnen vorbeigingen, konnten sie in uns sofort die Russen erkennen. Warum bloß? Aufgrund unserer Kleidung oder Gangart? Nein, weil uns ins Gesicht geschrieben stand, dass auch wir nicht wussten, was tun. Die mit uns reisenden Schwaben zum Beispiel, die sich trotz Vorbehalten auch aufs Festland wagten und immer entschlossen ihre Ziele ansteuerten, wurden kein einziges Mal von den Griechen auf Russisch angesprochen. Uns dagegen riefen die Einheimischen bereits von Weitem zu, ob wir Interesse an Pelzprodukten hätten. Wir wohnen in Berlin, wir haben kein Interesse an Pelzprodukten. Also antworteten wir höflich »nein« und ernteten verständnislose Blicke. Russen, die nicht auf Pelzprodukte standen, mussten entweder geisteskrank oder kälteunempfindlich sein, dachten die Griechen. In jeder Stadt, an jeder

Katakolon

Kreuzung gingen sie uns mit ihren Pelzprodukten auf den Geist und wunderten sich, dass wir kein Interesse hatten. In ihrer Vorstellung waren Russen pelzige Wesen, die nur im äußersten Fall ihre Fellmützen und -mäntel ablegten, zum Beispiel, wenn sie auf Kreuzfahrt waren.

Die meisten Griechen, die uns ansprachen, waren, nebenbei bemerkt, selbst ehemalige Sowjetbürger – Flüchtlinge, die vor vielen Jahren von der Krim, dem Schwarzen Meer oder aus dem Kaukasus gekommen waren. Über die neuen Flüchtlinge schimpften sie. Die sollten lieber in ihrem eigenen Land bleiben. Wahrscheinlich hatten sie Angst, die neuen würden ihnen die Arbeit wegnehmen.

Katakolon

In Katakolon boten uns Silvia und Annette zwei Ausflugsmöglichkeiten an: Die eine Hälfte des Schiffes schrieb sich für eine sportliche Busreise nach Olympia ein, der Geburtsstätte der olympischen Spiele. Meine Frau und ich entschieden uns gegen die alten Steine und für den jungen Wein. Wir fuhren mit der anderen Hälfte in eine traditionelle griechische Wirtschaft. Ein Spaziergang durch eine Olivenplantage wurde uns versprochen sowie eine Verkostung traditioneller griechischer Spezialitäten in Begleitung von Tanz und Gesang.

Die Mittelmeerkreuzfahrt

Es regnete in Strömen auf der Plantage. Der Spaziergang fiel aus, und wir gingen gleich zum Essen ins Haus. Die Besitzerin der traditionellen griechischen Wirtschaft war eine Italienerin aus Sizilien, für die Olivenbäume war eine Deutsche zuständig, und die Köchin kam aus Bulgarien. Die Flaschen auf dem Tisch waren noch nicht einmal halb leer, da stürmte schon ein molliger Mann mit großem Schnurrbart in die Taverne, drehte die Musik lauter und tanzte für uns in den Gängen zwischen den Tischen Sirtaki. Er tanzte mit geschlossenen Augen und großer Hingabe. Seine griechische Seele drängte es hinaus aus dem Körper, sie wollte frei und splitternackt, nur mit einem Schnurrbart angetan, wild durch die Welt springen und laut rufen: »Ja, die Götter haben uns verlassen, aber wir kommen auch ohne sie klar! Wir schaffen das!« Der Grieche sprang hoch, drehte sich in der Luft und fiel vor der bulgarischen Köchin mal auf das eine, mal auf das andere Knie, sodass unser Essgeschirr klirrte und die Gläser beinahe vom Tisch fielen.

Nach der Show sprach uns der Grieche in perfektem Russisch an, ob wir Interesse an Pelzprodukten hätten. Er war 1990 aus der Ukraine nach Griechenland gekommen und schimpfte genüsslich über die faulen Griechen und über Syrer, die ihm seine Arbeit wegnehmen wollten. Alles sei schlecht, vor allem das Wetter sei hier unerträglich, erzählte er: im Sommer zu heiß, im Winter regnerisch und feucht. Jedes Jahr leide er unter Rückenschmerzen. Dafür lobte er

Katakolon

seine Heimat, die Karpaten. Dort seien inzwischen Bergkurorte von Weltklasse entstanden. Die Menschen würden bald von überall in die Karpaten strömen und Ski fahren. Die Gegend sei groß im Kommen, erzählte er uns.

Wenn es ihm in den Karpaten so gut gefiel und in Griechenland nicht, warum überließ er dann nicht den Syrern das Sirtakitanzen?, fragten wir ihn.

Das sei gar nicht möglich, meinte er. Heimatliebe sei das eine, eine Geschäftsidee das andere. Seine ganze Familie sei damals aus den Karpaten ausgewandert. Seine Mutter habe hier ein gut gehendes Nähgeschäft, und seine Brüder arbeiteten bei Olympia am Berg als Götter zum Fotografieren. Sie liefen dort als Zeus, Prometheus oder Mars verkleidet herum und boten den Touristen an, Fotos mit echten griechischen Göttern aus den Karpaten zu machen. Allerdings wurden sie in der letzten Zeit von syrischen Pseudogöttern bedrängt. Ein Kampf der Kulturen! Der Ukrainer schüttelte den Kopf.

»Und was stimmt mit euch nicht? Wieso seid ihr mit einem deutschen AIDA-Schiff unterwegs, statt zu Hause wolgaaufwärts zu fahren?« Er habe sofort gesehen, dass wir keine echten Russen seien und demgemäß auch kein Interesse an Pelzprodukten hätten.

Abends auf dem Schiff zeigte mir der schwäbische Nachbar die Fotos, die er auf dem olympischen Berg gemacht hatte. Er stand zwischen zwei schnurrbärtigen Männern, beide mit kurzen Schwertern aus Plastik mit Aluminiumfolie umwickelt bewaffnet, und lächelte. Waren es die Griechen, die Ukrainer oder die Syrer? Das habe er nicht herausfinden können, meinte er. Der eine von den beiden hieß wohl Mars. »Und der andere wahrscheinlich Snickers!«, lachten wir und stießen auf die neuen Götter an, die groß im Kommen waren.

Santorin

Die Unterhaltungsoffiziere Silvia und Annette baten uns ausdrücklich, beim Besuch der Insel Santorin keine Esel zu benutzen.

»Nehmt besser die Seilbahn, sie ist genauso teuer wie der Esel, geht schneller, ist nicht so gefährlich und erlaubt einen spektakulären Blick auf die Insel. Esel dagegen sind ein unsicheres Transportmittel«, behaupteten die beiden Profis. »Sie gehen sehr langsam hoch, es kann eine Stunde dauern, bis sie auf dem Vulkan sind. Sie riechen streng, sie schaukeln heftig, und manchmal stolpern sie über die Steine.« Im Jahr zuvor sei eine Lehrerin aus Aachen vom Esel gefallen und habe sich einen Beinbruch zugezogen, erzählten sie.

Je näher wir der Insel Santorin kamen, umso lauter wurde das Esel-Bashing auf dem Schiff. Drei Mal wurden alle Passagiere per Funk über die unglückliche Rentnerin aus Aachen informiert, außerdem wurden Flugblätter verteilt,

Santorin

die jedem Touristen klarmachen sollten, dass der Reiseveranstalter keine Verantwortung für Unfälle auf der Insel übernehme.

»Jeder Esel, der auf einen Esel steigt, ist selber schuld«, fasste unser schwäbischer Nachbar den Inhalt des Blattes zusammen.

Die AIDA ließ den Anker ein ganzes Stück von der Bucht von Santorin entfernt herunter, denn das Schiff war zu groß, um näher heranzukommen. Doch die Esel sah man bereits von Weitem, Hunderte von ihnen warteten am Ufer auf uns, und mit einer kleinen Fähre sollten die Passagiere zu ihnen gebracht werden. Ausnahmsweise wollten diesmal alle das Schiff verlassen. Auch die eingefleischten radikalen Barhocker, die jede griechische Stadt konsequent ignoriert hatten, wollten Santorin nicht verpassen.

Der Blick auf die Insel war recht ungewöhnlich. Wie ein weißer Schleier, den eine modebewusste Göttin im Vorbeifliegen verloren hatte, bedeckte die weiße Stadt einen rotgrauen Felsen, der steil aus dem Meer ragte. An manchen Stellen sah man kleine Türchen im Gestein. Die ersten Einwohner hatten sich hier ihre ersten Wohnungen in den Felsen graben müssen. Aus heutiger Sicht ist kaum nachvollziehbar, was diese antiken Menschen damals auf die Idee gebracht hatte, den am wenigsten zum Leben geeigneten Stein im Meer zu besiedeln, tausend Esel hierherzuschleppen und weiße Häuser von unsäglicher Schönheit ganz oben auf die Spitze zu bauen. Eins war klar, schon damals hatten die Griechen nie den leichtesten Weg gesucht.

Vielleicht hatte der Santorin-Entdecker eine Wette mit seinen Landsleuten laufen und wollte beweisen, dass Menschen wie Vögel auf einem Felsen Nester bauen, Futter finden und überleben konnten. Oder er hatte schon damals geahnt, dass man mit so einem irren Projekt die griechische Tourismusbranche auf tausend Jahre im Voraus kräftig befördern konnte? Damals glich die Erde einem Suppenteller, in dem alles Mögliche schwamm, und die Seeleute waren die Entdecker der Suppeneinlagen. Ihre Reiserouten, ihre ursprünglichen Motive und Ziele sind in den Wellen der Zeit untergegangen. Geblieben sind tausend Esel und ein paar Griechen, die mitten im Mittelmeer auf Touristen warteten.

Zahlreiche Griechen saßen im Schatten und spielten Tavli, die griechische Variante von Backgammon. Es waren die Eselfahrer, die mit der hohen Kunst des Esel-Lenkens die Touristen überzeugen wollten. Doch seit die Frau aus Aachen so unglücklich gefallen war, schienen sie arbeitslos geworden zu sein. Die Anti-Esel-Propaganda auf dem Schiff funktionierte. Niemand traute sich, die Tiere zu mieten. Die Seilbahn kostete fünf Euro, die Esel auch. Alle entschieden sich für die Seilbahn – bis auf die Schwaben.

»Man muss die einheimische Wirtschaft unterstützen«, sagten sie. »Die Griechen werden so viele Tiere sicher

Santorin

nicht auf Dauer halten können, wenn sie keine Leistung erbringen«, meinten sie.

Um Esel zu retten und die Einheimischen vor der Arbeitslosigkeit zu bewahren, verzichteten sie auf die Seilbahn. Allerdings wollten sie einen Rabatt von den Griechen haben und für acht statt für zehn Euro hochfahren. Die Griechen sagten erstaunlich schnell zu. Der Spuk der Globalisierung hatte auch vor Santorin nicht haltgemacht.

Je näher wir dem weißen Schleier der Häuser kamen, desto deutlicher erkannten wir, dass sich auch hier Göttliches mit Menschlichem hart im Raum stieß. Hinter den weißen Fassaden befanden sich die gleichen Geschäfte wie bei uns in Berlin, sie standen sogar in der gleichen Reihenfolge und boten die gleichen Sachen an: Uhren, Kosmetik und Schmuck. Zwischen den Geschäften befanden sich kleine Cafés, die einfache Getränke zu Wucherpreisen anboten. Die Touristen liefen hastig von einem Laden zum nächsten, um schnell die notwendigen Souvenirs zu besorgen, bevor ihr Schiff weiterfuhr. Die griechischen Verkäufer gaben sich Mühe, ihre Gäste von überflüssigem Wohlstand zu befreien, und die Esel kackten routinemäßig vor dem Schaufenster von Dior.

In dieser Hektik bewahrten nur die Katzen Ruhe, die in jedem Café, auf jeder Mauer und unter jeder Bank saßen und allem Anschein nach die Insel für sich allein beanspruchten. Griechische Katzen waren schlank, kuschelig und so bunt, als hätten sie viele Väter. Als Einzige auf der Insel mussten sie um ihre Existenz nicht bangen. Sie wussten, sie bekamen in jedem Café ihr Hühnchen, ihre Sahne und ihren Fisch. Manchmal dachte ich, die Einheimischen machten die Portionen extra so groß und das Essen für Menschen so ungenießbar, damit die Katzen mehr davon abbekamen.

Wir besuchten etliche Souvenirläden, fütterten in zwei Restaurants die Katzen, und in einer Weinbar mit Blick aufs Meer probierten wir den griechischen Wein, der nach Luftreiniger mit leichter Tannenbaumnote roch. Die Sonne ging langsam unter, und müde, aber zufrieden beschlossen wir, die Eselstreppe hinunter zum Hafen zu nehmen, den Rückweg also zu Fuß zu bestreiten. Das war eine falsche Entscheidung. Die Steintreppe war rutschig, endlos und nass. Zwei Mal glitt ich auf Eselpisse aus, Olga wurde schwindelig und schlecht. Auf halbem Wege trafen wir die Schwaben auf dem Esel. Sie ritten noch immer nach oben in die Stadt. Nichts stärkt einen Menschen so prompt wie das Unglück des anderen. Sofort ging es uns besser. Wir joggten beinahe zum Hafen, setzten uns in die Fähre und verabschiedeten uns von den santorinischen Katzen.

Zurück auf dem Schiff luden uns Silvia und Annette zu sich auf den Balkon auf einen Umtrunk ein. Sie selbst durften im Dienst nicht trinken, besaßen aber für besondere Anlässe jede Menge Champagner auf Vorrat, also baten sie uns um Hilfe beim Abbauen der Bestände. Da konnten wir nicht Nein sagen. Das Feuer der Sonne schlich sich unausweich-

Santorin

lich vom Himmel, machte kurz halt in der Champagnerflasche, zündete einige Bläschen, fiel ins Wasser und löste sich wie ein Blutstropfen im salzigen Wasser des Meeres auf. Santorin versank.

Wir hatten die Griechen bisher auf unserer Reise als melancholisch, schlecht gelaunt und leicht angetrunken kennengelernt. Sie sahen aus wie Götter, denen der wilde Kapitalismus die Zauberkräfte geraubt hatte und die nun überhaupt nicht wussten, wohin mit sich. Jede neue Stadt bestärkte uns in der Ansicht, dass wir uns in einer halb antiken, halb modernen Tragödie befanden, die wie eine alte Schallplatte kurz vor der Katharsis einen Sprung bekommen hatte und wieder von vorne begann.

Das Land befand sich in einer Erwartungsstarre. Es stand kurz vor dem großen, alles entscheidenden Ereignis, das endlich alle Probleme auf einen Schlag lösen, die Götter und die Menschen wieder versöhnen und Griechenland in alter Blüte erstrahlen lassen würde. Doch dieses Ereignis ließ auf sich warten. Das machte aus der Tragödie eine Komödie. Ich war schon immer der Meinung, dass man lernen muss, über Tragödien zu lachen, sonst werden sie zu Sackgassen und sind nicht zu überwinden. Tragödien sind nur tragisch, wenn man direkt vor einer steht und ihr in die Augen schaut. Von hinten sieht eine Tragödie beispielsweise überhaupt nicht tragisch aus.

Im Hafen von Piräus rutschten wir schließlich selbst in

die Rolle der tragischen Helden und brannten abschließend beinahe ganz Athen ab.

Heldin und Held durchstreifen die Stadt der Götter und brennen beinahe ganz Athen ab
Eine halb antike Tragödie

Prolog

»Die größte Sehenswürdigkeit von Piräus ist Athen. Nehmt euch ein Taxi und fahrt in die Hauptstadt, dort ist immer viel los«, klärten uns die Unterhaltungsoffiziere auf. »Nur vergesst bloß nicht, ihr müsst spätestens um 20.00 Uhr wieder auf dem Schiff sein«, fügten sie warnend hinzu.

Der Taxifahrer saß zur Hälfte im Wagen, seine Füßen hingen nach draußen. Schuhe und Socken hatte er akkurat neben dem Auto auf dem Asphalt abgelegt, er bewegte genüsslich seine Zehen und hörte Radio.

»Fahren Sie uns nach Athen?«, fragte ich höflich.

Der Taxifahrer brach sein Schweigen nicht, stellte aber sein Metaxameter an und begann langsam, seine Socken an-

Athen

zuziehen, was wir als Zeichen einer baldigen Abfahrt verstanden.

Ich wollte das eiserne Schweigen des Mannes brechen.

»Und?«, fragte ich ihn in schlechtem Englisch. »Was macht der Tsipras, der Premier? Sind seine Reformen erfolgreich?«

»Hoffentlich knallt ihn jemand ab!«, sagte der Taxifahrer und hupte.

Es war unklar, ob er den Premierminister oder den Autofahrer vor uns meinte oder überhaupt alle, die sich ihm in den Weg stellten. »Hoffentlich knallt ihn jemand ab.« In letzter Zeit hatte ich diesen Schrei der Ratlosigkeit oft gehört. Ob ich mit Amerikanern über ihren Präsidenten sprach oder mit Russen über ihren nicht abwählbaren Oberst, keiner hatte mehr Vertrauen in die Führungsetage seines Landes. Ein »Jemand« sollte einschreiten. Wer dieser jemand sein sollte, blieb immer unklar.

Der Taxifahrer fuhr wie ein Gott an den Staus vorbei, nahm nur ihm bekannte Umwege und schaffte es, uns in weniger als einer Stunde zu der Ruine der Akropolis zu fahren. Wir zahlten und kletterten zu dieser heiligen Stätte der antiken Kultur. Von oben sah die griechische Hauptstadt wie eine riesige Krake aus, die ihre Tentakel in alle Himmelsrichtungen ausbreitete, willkürlich, ohne Rücksicht auf Mensch und Natur: Die ganze Architektur bestand aus halb oder ganz zerfallenen Häusern – Häuser, die renoviert oder abgerissen wurden, entweder ganz frisch oder schon vor zweitausend

Die Mittelmeerkreuzfahrt

Jahren. Es gab nirgendwo ein komplett intaktes Haus zu sehen. Alle Straßen waren mit herumfahrenden LKWs verstopft, die irgendwelche Betonmischer und Röhren transportierten. An den Kreuzungen lagen Berge von Baumüll, verrostete Metallplatten und antike Steine, es roch nach Baustaub und gegrilltem Schweinefleisch. Die Griechen hatten keine Lust zu arbeiten, sie saßen in schicken Bauarbeiter-Uniformen vor ihren Baustellen, lässig wie Götter.

DIE HELDIN: Eine göttliche Landschaft. Was meinst du, wie viele Menschen hier wohnen?

DER HELD: Man erzählt sich, es sind fünf Millionen Griechen und noch mindestens zwei Mal so viele russische Schwarzarbeiter.

DIE HELDIN: Ich habe mir die Akropolis-Ruine irgendwie größer vorgestellt. Gibt es hier irgendwo eine Bar?

DER HELD: Sie war auch größer, die Ruine, wurde aber mehrmals gesprengt. Hier auf dem Schild steht, sie renovieren seit 1983. Siehst du den Betonmischer dort an der Ecke?

DIE HELDIN: Na und?

DER HELD: Nix und! Sie renovieren sie seit 1983!

DIE HELDIN: In vierunddreißig Jahren haben sie es also geschafft, einen Betonmischer hier hochzuwuchten? Die Deutschen hätten in der Zeit ein zweites Deutschland gebaut mit einer Akropolis an jeder Ecke!

DER HELD: Wahrscheinlich warten die Griechen noch auf …

Athen

DIE HELDIN: ... auf einen zweiten Betonmischer? Lass uns runtergehen, ich habe dort ein nettes Café gesehen.

Parados

Es kommen viele Menschen den Berg hochgeklettert. Eine alte Oma, die Reiseführer verkauft, eine Gruppe amerikanische Touristen, zwei Badetuchverkäufer.

DIE OMA: Ich höre Russisch, also seid ihr Russen?

DIE HELDIN *[auf Deutsch]*: Nein, wir sind Deutsche! Ein, zwei, drei!

DIE OMA: Mir könnt ihr nichts vormachen, ihr seid Russen! Habt ihr schon einen Athen-Reiseführer auf Russisch? Den gebe ich euch für fünf Euro, ein very special Preis!

DER HELD: Nein!

DIE OMA: Das ist ein ganz guter Reiseführer! Ich gebe euch noch zehn Postkarten kostenlos dazu, auf denen das Wort »Athen« auf Russisch steht.

DIE HELDIN: Nein, danke.

DIE OMA: Seid ihr nun Russen oder was? Gebt mir sofort euer Geld!

Sie bekommt fünf Euro und rennt zu einer anderen Oma – der Göttin der russischsprachigen Reiseführer, die das Geld in einer Mülltonne vor der Polizei versteckt. Auf der Akropolis ist jeglicher Handel verboten. Die Göttin der russischsprachigen

Die Mittelmeerkreuzfahrt

Reiseführer klettert in die Mülltonne und sucht dort laut schimp‑
fend nach dem Buch. Wir bekommen statt zehn schließlich fünf
Postkarten umsonst.

Episodion

DER GOTT DER BADETÜCHER MIT OLYMPIASYMBOLIK:
  Give me 50 Euro, this is very good for the body, I have a
  very special price!
DIE HELDIN *[rechnend]*: 776 v.C – 2004! Über zweitausend
  Jahre hatten sie hier keine Olympischen Spiele. Was ha‑
  ben sie in der Zwischenzeit gemacht?
Der Gott der Badetücher schleicht sich an die amerikanische
  Gruppe.
DER GOTT DER BADETÜCHER: Antic bathing cloth to a very
  special price!
DIE GÖTTIN DER REISEFÜHRER *[aus der Mülltonne]*: Antic
  postcards of Athen to a very special price!
DIE AMERIKANER: Oh fine, very fine, a very special price …
Eine aktentaschengroße Schildkröte kommt aus den Trümmern
  der Akropolis und geht ziemlich schnell an allen vorbei in
  Richtung Athen. Niemand bemerkt sie außer uns.

Athen

DIE HELDIN: Eine Schildkröte! Hast du das gesehen?
DER HELD: Wo?
Während er sich noch umguckt, bilden die anderen einen Chor.

Stasimon

DER CHOR: Was wird noch mit uns geschehen, was ist bereits vorbei?
Wird Griechenland aufwachen, oder lässt es es einfach sein?
Entwickelt sich die Welt gerade, oder dreht sie sich nur im Kreis?
Doch jede Erkenntnis im Leben hat einen special price!
Very very special, very very price!

Exodus

Im russischen Reiseführer hieß es über die Griechen, sie seien besonders tierlieb. Das konnte man auch ohne Reiseführer leicht sehen. Katzen und Hunde bewegten sich nur in Rudeln ab zwanzig Mitgliedern in der Stadt und schienen zusammen mit den Straßenmusikanten, bettelnden Zigeunerkindern und CD-Raubkopien-Verkäufern die heimlichen Herrscher von Athen zu sein. Als 2004 die Olympischen

Die Mittelmeerkreuzfahrt

Spiele hier stattgefunden hatten, hatte sich die griechische Regierung bemüht, ein guter Gastgeber zu sein, und aus diesem Grund beschlossen, alle streunenden Hunde aus dem Stadtbild zu entfernen. Die griechische Polizei bekam den Auftrag, die Hunde einzufangen und aus der Stadt zu bringen. Daraufhin wurden die Katzen immer frecher und schliefen sogar auf Kneipentischen. Sie hatten grünes Licht von der Regierung bekommen, keiner wagte es, sie anzufassen. Seit Olympia ist der Status quo der Katzen ungebrochen. Mein Vorhaben, eine deutsche Zeitung zu kaufen, scheiterte, weil eine Katze auf dem Stapel saß und partout nicht weichen wollte.

In der antiken Welt der Freiluftmuseen lebten seit eh und je viele Schildkröten – nicht kleine und niedliche wie im Zoo-Fachgeschäft: Die wilden griechischen Schildkröten waren groß und frech. Die Einzigen, vor denen sie Angst hatten, waren die Hunde. Nachdem allerdings die Polizei die Hunde verjagt hatte, rückten die Schildkröten auf der Suche nach Essbarem in die Stadt vor. Es war ein verrücktes Bild. Die Polizei musste gegen die Schildkröten vorgehen, doch egal, wie sehr sich die Polizisten beeilten, die Viecher zu verjagen, die Schildkröten waren ihnen immer einen halben Schritt voraus. Anderswo hätte man in einer solchen Situation die Fähigkeit des Innenministeriums infrage gestellt, doch in Griechenland wurde dieses Phänomen als »Paradoxon von Achilles und der Schildkröte« mit Nachsicht und

Athen

Verständnis aufgenommen. Eine Schildkröte, die wir durch die halbe Stadt verfolgten, führte uns schließlich zu einem russischen Lebensmittelladen.

Prolog

Beide Helden stehen vor einem Lebensmittelladen.
DIE HELDIN: Komm, lass uns bitte eine Bar suchen oder ein Café.

DER HELD: Wir sind seit vier Stunden in der Stadt unterwegs und haben noch keine einzige Bar gesehen.

DER GOTT DER SUPERMÄRKTE *[ruft aus seinem Laden]*: Come in please, this is the Supermarkt with very special prices!

DIE HELDIN: Der spinnt doch.

DER GOTT DER SUPERMÄRKTE: Oh, ich sehe, ihr seid Russen? Ich auch. Ich bin erst seit vierzehn Jahren hier und komme aus Krummes Hörnchen, der Bergarbeiterstadt. Schon mal davon gehört?

DIE HELDIN: Ja klar, Krummes Hörnchen. Da bin ich einmal mit dem Zug vorbeigefahren. Wie kriegen die es nur hin, uns ständig als Russen zu entlarven? Steht auf meiner Stirn »russisch«?

DER HELD: Das kommt daher, dass wir ständig Russisch miteinander sprechen und fast alle hier es verstehen. Die Hälfte aller Griechen wohnt in Athen, und ungefähr jeder

Die Mittelmeerkreuzfahrt

Dritte hier kommt ursprünglich aus Russland. Was macht ein Drittel von der Hälfte?

DER GOTT DER SUPERMÄRKTE: Und wo kommt ihr her?

DIE HELDIN: Aus Berlin, Deutschland. Ursprünglich komme ich von der Insel Sachalin, aus der Stadt Ocha.

DER HELD: Ich komme aus Moskau. Was gibt es hier Schönes?

DER GOTT DER SUPERMÄRKTE: Wow! Sachalin! Moskau! Kommt rein, ihr bekommt von mir einen very special price. Also, wir haben eigentlich alles. Ich würde special für euch Metaxa in lustigen 0,5-Liter-Flaschen für 2 Euro 50 Cent empfehlen.

DIE HELDIN: Ein interessantes Angebot. Metaxa in lustigen 0,5-Liter-Flaschen für 2,50 habe ich noch nirgends gesehen! Ich trinke aber nur Weißwein.

DER HELD: Wir nehmen eine normale Flasche Weißwein, eine lustige mit Metaxa, ein Bier und ein Wasser, dazu Möhren für die Schildkröten und einen Joghurt für die Katzen.

DIE HELDIN: Zwei Joghurts, griechisch natur!

DER GOTT DER SUPERMÄRKTE: Wollt ihr mit Kassenbon oder ohne? Wenn ohne, wird alles noch billiger.

DIE HELDIN: Ohne Kasse wird es billiger? Wie kommt das?

DER GOTT DER SUPERMÄRKTE: So will es unsere Regierung! Wir haben hier eine Euphoria von 24%.

Athen

DER HELD: Wow! Euphoria 24 %! Unglaublich! Wir nehmen alles doppelt.

DIE HELDIN: Euphoria 24 %! Was heißt das eigentlich? Drehen sie mit 24 alle durch?

DER HELD: Ich glaube, Euphoria heißt Mehrwertsteuer.

Stasimon

Auf der Straße erscheint der Chor, bestehend aus drei Gitarrenspielern, fünf Akkordeonspielern, einer Klarinettenspielerin und einem Tamburinschläger.

DER CHOR: Russen!

DIE HELDIN: Nein! Wir sind Deutsche, ein, zwei, drei!

DER CHOR [*beginnt trotzdem*]: Nicht zu hören sind diese Abende ...

Alles ist so still ... blablabla,

Wenn ihr wüsstet, wie ich sie liebe,

Diese Nächte in Moskau ...

DER HELD: Stop! Aufhören! Ich kann nicht mehr! Kennt ihr nicht ein deutsches Lied? Bitte!

DER CHOR: Und wenn ihr wollt, hören wir jetzt auf,

Alles wird so still ...blablabla,

Nur gebt uns Geld, aber nicht euer russisches Scheißgeld,

Sondern richtiges gutes Geld.

Die Mittelmeerkreuzfahrt

DIE HELDIN: Gib ihnen schnell Geld!
DER HELD: Ich habe nichts mehr!
Beide laufen die Straße hinunter, der Chor hinter ihnen her.

Episodium

Eine Touristenkneipe im Amüsierviertel Plaka.
DER KNEIPENGOTT *[kniet vor unserem Tisch]*: Was wollen Sie bestellen?
DER HELD: Ein Glas Wasser, bitte.
DIE HELDIN: Für mich auch ein Glas Wasser, aber mit Sprudel. Hoffentlich kommen wir nicht zu spät zum Schiff.
DER KNEIPENGOTT: Mit Sprudel haben wir nicht. So etwas gibt es nicht in Griechenland, und Wasser bekommt man hier umsonst. Sie müssen also etwas bestellen.
DER HELD: Na gut, dann … dann bringen Sie uns das hier! *[Liest von der Speisekarte.]* »Pfannkuchen Big Athen mit Nüssen, Ananas, Sahne und Konfitüre – flambiert«. Hoffentlich kommen wir nicht zu spät.
Der Kneipengott nickt und verschwindet.
DIE HELDIN: Das hört sich aber ekelhaft an!
DER HELD *[holt eine Weinflasche aus der Tasche]*: Aber dafür hat er jetzt eine Weile zu tun. Lass uns das Wasser aus den Gläsern wegschütten.

Athen

Sie füllen die Gläser mit Wein.

DIE HELDIN: Prost!

DER HELD: Prost!

Ein Zigeunermädchen kommt an den Tisch. Sie hat eine Trompete in der Hand.

DIE HELDIN: Eltern, die ihre Kinder betteln schicken, sollte man erschießen.

Das Mädchen bläst in die Trompete. Alle schauen zu den Helden, wie sie mit ihrer mitgebrachten Weinflasche dasitzen.

DIE HELDIN: Hör auf, Mädchen, gib Ruhe, hau ab!

DAS MÄDCHEN: Give me money.

DER HELD: Hier nimm und lass uns in Ruhe.

Ein Orchester drängt an den Tisch: drei Akkordeonspieler, zwei Gitarrenspieler, ein Tamburinschläger.

DIE HELDIN: Oh, die Eltern sind auch schon da!

DAS ORCHESTER *[beginnt]*: Nicht zu hören sind diese Abende …

DER HELD: Hier zwei Euro, und kommt nie wieder!

Ein afrikanischer Musikverkäufer schleicht sich an den Tisch.

DER MUSIKVERKÄUFER: Sie können diese Musik auch für zu Hause kaufen zu einem very special price.

DIE HELDIN: Ach, wirklich?

DER HELD: Hier, ein Euro! Und sag allen, sie sollen uns in Ruhe lassen, bitte!

Das Mädchen mit der Trompete – oder ist es ein anderes? – kommt noch einmal an den Tisch.

Die Mittelmeerkreuzfahrt

DAS MÄDCHEN: Give me money.

DER HELD: Ich habe dir doch gesagt, verschwinde! Ich habe nichts mehr!

DIE HELDIN: Vielleicht ist das ein anderes Mädchen? Sei nicht so streng, gib ihr was.

Der Held holt seine Metaxa-Flasche und nimmt einen großen Schluck. Das Mädchen bläst in die Trompete. Der Kneipengott kommt mit einem riesigen Pfannkuchen auf einem zu kleinen Teller. Er stellt ihn auf den Tisch und zündet den Pfannkuchen an. Der ganze Tisch geht in Flammen auf. Es riecht stark nach Benzin.

DIE HELDIN: Geil!

DER HELD: Tolles Feuerwerk! Was meinst du, ob Metaxa auch brennt?

DIE HELDIN: Ganz sicher nicht, auf der Flasche steht 38 Prozent.

DER HELD: Wetten wir? [*Er schüttet Metaxa auf den Pfannkuchen, die Flammen lodern hoch auf.*]

DIE HELDIN: O Gott! Meine Tasche brennt!

Die Heldin kippt den Tisch um, der Pfannkuchen »Big Athen« fliegt wie eine Feuerkugel hinter die Büsche in den Müll, Athen geht in Flammen auf.

Athen

Exodus

Das Mädchen mit der Trompete, das albanische Orchester, der CD-Verkäufer, die Schildkröten, die amerikanischen Touristen, der Kneipengott, alle schauen uns vorwurfsvoll an.
DIE HELDIN: Entschuldigung! War nicht so gemeint!
DER HELD: Keine Sorge, wir machen alles wieder gut!
DIE HELDIN: Wir bauen euch eine neue Stadt, noch hässlicher! Mit noch mehr Schildkröten!
Der Chor regt sich nicht, er steht wie versteinert.
DIE HELDIN: Entschuldigung wir müssen jetzt los, sonst kommen wir zu spät zu unserem Schiff. *[Zum Helden:]* Nimm deine Jacke, wir gehen.
DER HELD: Also tschüs dann! Der Pfannkuchen war klasse.
Die beiden verschwinden im Rauch. Der Chor schweigt.

* * *

»Wo seid ihr so lange gewesen?«, wunderten sich alle an der Bar. »Wir sind beinahe ohne euch losgefahren.«

Olga und ich kamen als Letzte an Bord, alle anderen waren bereits da, saßen an ihren gewohnten Plätzen und wollten einen Absacker mit uns trinken. Unsere Reise ging nämlich zu Ende. Am nächsten Tag auf Kreta mussten wir die Arche verlassen.

Ich schenkte allen vom mitgebrachten Metaxa ein und erzählte von unseren Abenteuern in der griechischen Hauptstadt, von den Schildkröten und Katzen, von den Göttern, den Musikern und den Touristen, den russischen Griechen und griechischen Russen.

»Na, da sehe ich schon dein nächstes Buch kommen!«, witzelte der Sachse.

»Grüßen Sie uns Berlin!«, sagten die Schwaben.

»Stößchen!«, riefen Silvia und Annette.

Wir saßen bis spät in die Nacht an der Bar und versuchten, den Westdeutschen den Sinn des alten sowjetischen Liedes »Wir lassen die Sonne ewig strahlen« zu erklären.

»Die Russen waren immer schon große Angeber«, meinte der Schwabe nachdenklich. »Sie haben stets versucht, das Unvermeidliche als eigenen Verdienst darzustellen. Selbst über die strahlende Sonne singen sie, als müssten sie sie höchstpersönlich in mühsamer Handarbeit jeden Morgen hoch- und abends wieder herunterziehen.«

»Andererseits weiß man nicht, was passieren würde, wenn sie es nicht mehr täten«, parierten wir.

Auch die Griechen arbeiteten möglicherweise mit an der Rettung der Welt, indem sie in der Sonne saßen und nichts taten. Während anderswo auf dem Planeten die Amerikaner hektisch herumirrten, hielten die Griechen unsere Erde im Gleichgewicht, damit sie nicht aus der Bahn geriet. Und so hatte jedes Volk und jedes Land eine Mission.

Am nächsten Abend flogen wir von Heraklion nach Hause zurück.

KAPITEL 3

Die Ostseereise

Warnemünde – Tallinn – St. Petersburg –
Helsinki – Stockholm

Warnemünde

»Lieber Herr Kaminer«, begrüßte mich die Deutsche Bahn in einer E-Mail, »Berlin ist eine Stadt am Meer. Mit unserem schönen Wochenendticket erreichen Sie für nur € 20,- in weniger als drei Stunden die Ostsee.«

Meine Frau und ich haben dieser Werbung blind vertraut. Wir hätten nicht gedacht, dass die Deutsche Bahn mit der halben Stadt befreundet war und alle Freunde zusammen günstig an die Ostsee fahren wollten. Der Zug war rappelvoll, überall lagen Kinder und Koffer auf dem Boden, Kinderwagen und Fahrräder verstopften die Gänge, und der Schaffner hatte keine Lust, sich einzumischen. Als erfahrener Reisender hatte er das Problem gleich erkannt: Es passten nicht alle Inhaber des schönen Wochenendtickets in den Zug, irgendjemand musste auf dem Bahnsteig zurückbleiben. Nur wer? Mütter, Kinder, Rentner mit Fahrrädern und Rucksackstudenten spielten »Reise nach Jerusalem«. Sie krabbelten einander über die Köpfe, stiegen ein und wieder aus, in der Überzeugung, wenn sie es nur in der richtigen Reihenfolge täten, würde schon jeder einen Platz finden. Doch jedes Mal fiel irgendjemand oder irgendetwas wieder aus dem Zug – ein Kinderwagen, ein Fahrrad, ein Rentner mit Fahrradhelm, eine Mutter mit großem Gepäck in Form von Windeln und Kartoffelchips.

Die Ostseereise

Der Zugschaffner betrachtete das menschliche Treiben melancholisch vom Bahnsteig aus, ganzkörperlich in eine Tabakqualmwolke gehüllt, die er mit einer elektronischen Zigarette erzeugte.

Wenn Menschen mit ihrem Vorhaben scheitern, werden sie sauer. Sie glauben, ihr toller Plan werde von den anderen falsch umgesetzt. Sie sehen nicht ein, dass ihr Plan möglicherweise einfach falsch war. Vor unseren Augen entwickelten Zugpassagiere Persönlichkeitsstörungen und ein Tourette-Syndrom. Sie schimpften vor sich hin. Die berühmte deutsche Pünktlichkeit litt unter dem schönen Wochenendticket. Unser Zug hätte schon längst abfahren sollen, er stand aber weiterhin ohne ersichtlichen Grund am Bahnsteig. Anscheinend traute sich der Lokführer nicht, unsere Bande zu fahren.

In ihrer Verzweiflung wandten sich die Passagiere an die Dampfwolke am Gleis: »Pfeif endlich!«, riefen sie.

»Zurücktreten bitte«, murmelte die Wolke, holte tief Luft und pustete kräftig in seine Schaffnerpfeife.

Der Zug zuckte und fuhr langsam los, raus aus der Stadt, hin ans Meer. Alle, auch diejenigen, die keinen Platz hatten ergattern können, atmeten erleichtert auf. Die Berliner Hundstage hatten allen in diesem Sommer stark zugesetzt. Auf unserem Planeten hängt alles an einem seidenen Faden und ist durch ihn miteinander verbunden. Kaum verabschiedete sich Amerika aus dem Klimaabkommen, radikalisierte sich das Wetter in Europa.

Warnemünde

In einem Wechsel aus Regenflut und Hitze lösten sich auch die Gemüter der Berliner auf. Sie drehten massenhaft durch: Direkt vor meinem Haus bellte eine ältere Frau grundlos einen fremden Hund an, auf dem Parkplatz vor der Aldi-Filiale verpassten sich junge Menschen eine Bierdusche, Fahrradkuriere fuhren oben ohne bei Rot über die Straße, und an den Kreuzungen starrten Fußgänger die Ampelanlagen an, weil sie nicht mehr wussten, ob sie schon auf der richtigen Seite waren. Menschen mit Autos und Menschen auf Fahrrädern jagten einander mit Hupen und Klingeln durch die Straßen.

Auch bei uns zu Hause machte sich der Klimawandel bemerkbar. Bei einem heftigen Gewitter ging das Fenster im Bad kaputt, Regen tropfte auf den Boden. Außerdem gebar die Ananaspalme, die seit fünf Jahren vollkommen fruchtlos im Bad auf dem Boden gestanden war, plötzlich eine Ananas – in den Farben der ukrainischen Flagge. Wir fühlten uns reif für einen Urlaub. Da kam AIDA mit einem Superangebot: Ich könnte als Unterhaltungsvorleser, also Teil der Crew, eine Woche Kreuzfahrt in den Norden machen – dort, wo die Menschen freundlich, aber zurückhaltend sind, die Wolken tief und wie festgenagelt am Himmel hängen, das Wasser kalt und die Luft rein ist.

Lange Jahre war bei uns der Sommer für den Kinderurlaub reserviert, und man könnte sicher einen ganzen Tanker füllen mit all dem Cuba Libre, Sekt und Wein, den wir in den unzähligen Kinderclubs an der atlantischen Küste weggetrunken hatten, während unsere Kinder sich zu »Agadou Dou Dou Dou« und »Veo Veo« die soziale Kommunikation auf der Tanzfläche antrainierten. Nun waren sie aber beide erwachsen, mit der Schule fertig und an einem Familienurlaub nicht mehr interessiert. Sie wollten ihren eigenen, ganz persönlichen Agadou entwickeln. Nicole hatte sich mit ihren Freundinnen zu einem zweiwöchigen Gesundheitstrip auf dem Jakobsweg verabredet. Die Mädchen hatten ausgerechnet, wenn sie jeden Tag vierzig Kilometer wanderten, würden sie es exakt in zwei Wochen schaffen. Zwischendurch wollten sie in einem Zelt übernachten.

»Exakte Planung ist das Wichtigste«, sagten wir dazu und lachten uns insgeheim ins Fäustchen. Nie im Leben würden sie es schaffen, so lange so viel zu laufen, dachten wir. Aber Nicole bereitete sich sehr gewissenhaft auf den Jakobsweg vor. Sie kaufte von ihrem ersten selbst verdienten Geld ein grünes Zelt, stellte es in ihrem Zimmer auf und schlief dort, »um sich an das Leben im Zelt zu gewöhnen«. Außerdem machte sie längere Spaziergänge durch Berlins Parkanlagen, um sich in Form zu bringen. Mich fragte sie, ob ich ihr irgendwelche besonderen Tipps für den Jakobsweg geben könnte.

Ich hatte mit dem Jakobsweg leider noch keine Erfahrungen gemacht. Ehrlich gesagt wusste ich nicht einmal, wer dieser Jakob war. Als ich so alt war wie Nicole, sind wir oft

Warnemünde

und gern den sogenannten Lenin-Weg gegangen. In jeder Kleinstadt an der Wolga stand im Zentrum ein Lenin auf einem Sockel. In der Regel war Lenin in einer Pose dargestellt, als wolle er gleich vom Sockel springen und fortlaufen. Die eine Hand hatte er in der Hosentasche, mit der anderen zeigte er die Richtung sozialistischer Zukunft an – mal wies er nach Norden und mal nach Süden, mal in Richtung Osten und mal nach Westen. Der Lenin-Weg funktionierte wie folgt: Bei einem Lenin angekommen schauten wir, in welche Richtung er zeigte, und liefen los. Nach fünf oder sechs Lenins merkten wir, dass es keine sozialistische Zukunft gab, wir waren im Kreis gelaufen. Von der fehlenden Zukunft enttäuscht fuhren wir mit dem Zug wieder nach Hause.

Diese Erkundungsreisen, die vergebliche Suche nach der Zukunft, kann man auch heute noch in Russland machen. In dieser Hinsicht hatte sich in Russland nichts verändert, erzählte ich meiner Tochter: Die Lenins stehen noch immer an jeder Ecke.

Nicole staunte über unsere damaligen Urlaubswege, beschloss jedoch, bei ihrem Jakob zu bleiben.

Ihr Bruder Sebastian war von den Großeltern eines Freundes für einen Monat nach Vietnam eingeladen worden. Sebastian hatte sich bereits davor für das Land interessiert, hatte seine Abschlussarbeit im Fach Geschichte über den Vietnamkrieg geschrieben und konnte jetzt das Land aus erster Hand kennenlernen. Verunsichert und begeistert

Die Ostseereise

von der eigenen Selbstständigkeit flog er zusammen mit dem Freund nach Hanoi und schickte uns jeden Tag Fotos und Videos von den Straßen und dem typisch vietnamesischen »mediterranen« Essen – das heißt, wenn das Essen während des Verspeisens noch lebte. Zu den Schauplätzen des Krieges wollten seine Gastgeber nicht unbedingt fahren, sie waren stolz auf ihr modernes mediterranes, also lebendiges Vietnam, ein geschäftstüchtiges Land mit fortwährend wachsender Wirtschaft.

»Die Einheimischen sind sehr gut im Geschäftemachen«, erzählte mir mein Sohn am Telefon. Viele Touristen kamen nach Vietnam, Russen buchten die Hotels im Süden, Amerikaner wollten im Norden die Schlachtfelder des damaligen Krieges besichtigen, die unterirdischen Bunker und Gänge, die von den kommunistischen Kämpfern gegraben worden waren. Doch die alten Gänge waren schmal, kein amerikanischer Tourist passte dort hinein, von kompletten Reisegruppen ganz zu schweigen. Also hatten die Vietnamesen ihre unterirdischen Gänge extra für die Amerikaner vergrößert und mit Imbissbuden und Souvenirläden ausgestattet. Sie taten alles, damit die Amerikaner sich wohlfühlten und nicht geizig waren.

»Vergiss dein Berlin, du musst nach Vietnam ziehen! Hier wird die Zukunft der Welt geschmiedet«, wurde meinem Sohn von seinen vietnamesischen Freunden geraten. Sebastian nickte höflich und sagte »wäre möglich« oder »vielleicht«.

Warnemünde

(In Vietnam gilt es als Grobheit, Nein zu sagen). Mein Sohn sehnte sich aber insgeheim sehr nach Deutschland zurück.

Die Kinder waren auf jeden Fall gut mit sich selbst beschäftigt, und wir nahmen eine Woche AIDA: von Warnemünde nach Tallinn, St. Petersburg, Helsinki, Stockholm und von dort nach Warnemünde zurück. Eine perfekte Reise für den Sommer.

Unser großes Schiff war bereits vom Zug aus zu sehen, eine weiße zwölfstöckige Burg, angemalt mit einem knallroten Kussmund. Sie glänzte in der Sonne als höchstes Gebäude von Warnemünde, höher als das alte Hotel *Neptun*. Alle Inhaber des schönen Wochenendtickets starrten unser schönes Schiff an. Was war, wenn diese ganze Bande mit uns auf die Reise ging?, überlegten wir. Einige Familien erwiesen sich tatsächlich als AIDA-Passagiere. Gleich am Pier 7, in *Karls Erdbeerladen*, kauften sie Erdbeerbowle im Sonderangebot zum Mitnehmen in praktischen Einliterdosen.

»Ich hätte nicht gedacht, dass ich im August noch irgendwo Erdbeeren bekomme«, sagte ein kinderreicher Familienvater zu seiner Sippe. Hundert Meter weiter am Sicherheitscheck musste er seine flüssigen Erdbeeren jedoch wieder abgeben, man durfte die Bowle aus Sicherheitsgründen nicht mit aufs Schiff nehmen. Möglicherweise arbeiteten die Sicherheitsleute mit Karl vom Erdbeerladen zusammen. Sie brachten ihm die konfiszierte Bowle zurück und sorgten dafür, dass er weiter flüssig blieb.

Die Ostseereise

Obwohl Olga und ich als erste Reisende an Bord gingen, lagen bereits fremde Badetücher an strategisch wichtigen Plätzen: auf dem Sonnendeck, vor der Grillstation und am Pool. Fliegende Badetücher waren wahrscheinlich eine neue Reiseoption, die man bei AIDA buchen konnte, dachten wir. Noch bevor der Inhaber des Badetuches an Bord kam, wurde ihm ein warmes Plätzchen auf dem Sonnendeck reserviert. Bei über dreitausend fahrenden Gästen keine schlechte Idee.

Weitere Passagiere betraten das Schiff, ließen ihre Koffer in der Kabine fallen und liefen gleich dem Essensgeruch nach. Die Mittagszeit dauerte nur eineinhalb Stunden, eine große Herausforderung für jeden, der sich zum Ziel gesetzt hat, in allen fünf Restaurants des Schiffes zu speisen. Wir hatten keinen Hunger, die Sonne knallte gnadenlos, es war ein ungewöhnlich heißer Tag für die Ostsee.

»Wir brauchen Schatten, lass uns bitte eine Bar suchen«, sagte meine Frau. Die Bar musste man auf der AIDA allerdings nicht lange suchen, das ganze Schiff war eine einzige Bar. Auf der großen Leinwand wurde uns das abwechslungsreiche künstlerische Programm vorgestellt, das uns erwartete: Tänzer, Akrobaten, Sänger und Schauspieler und als großes Highlight natürlich die musikalische Ohrenmassage mit dem schmissigen Titel »Ich finde Schlager toll«, unterstützt von DJ Janneck, einem jungen intelligent aussehenden Mann mit dicker Brille, bei dem ich nie geglaubt hätte, dass er Schlager toll fand.

Warnemünde

Von unseren früheren Reisen wussten wir, dass ein Schlagerprogramm für eine Kreuzfahrt so unverzichtbar war wie die Kotztüte für ein Flugzeug. Beides wird nicht von jedem gebraucht, darf aber trotzdem nicht fehlen. Auf viele Kotztüten schreiben die Fluggesellschaften »Wir nehmen es nicht persönlich«. Meine Frau und ich, wir stehen nicht auf Schlager, nehmen sie aber auch nicht persönlich, sondern sehen sie wie eine Art Kinderdisko für ältere Semester – Agadou für Erwachsene.

Während wir an der Bar saßen, füllte sich das Schiff mit Leben. Die ersten Kinder schmissen sich in den Pool, und an der Grillstation prüften besonders neugierige Esser, ob die Teriyaki-Gerichte auch roh schmeckten, sie wollten die Essensschlange vermeiden.

»Beginnen Sie Ihre Entdeckungsreise mit unserem Cocktail des Tages: *Prima Spritz*«, riet uns die Barkarte. Wir folgten ihrem Rat. Alle AIDAs gleichen einander, aber jede ist auf eigene Art schön. Unsere war sehr gut in Mixgetränken. Mit jedem Prima Spritz, den wir zu uns nahmen, wurde die Ostsee ein Stückchen unruhiger, Wolken bedeckten den Himmel. In der frisch gedruckten Ausgabe von »AIDA heute« stand in der Rubrik »Gut zu wissen« ein Sicherheitshinweis für das Ostseebad Warnemünde: Dort würde »eine latente Gefährdung durch Anschläge mit terroristischem Hintergrund« bestehen. Wir sollten also »wachsam sein« und einen näheren Kontakt zu Warnemünde am besten meiden. Wer

Die Ostseereise

hätte das gedacht? Von unserem Schiff aus sah das Ostseebad vollkommen friedlich und verschlafen aus. Doch wie eine alte afrikanische Volksweisheit sagt: »Im stillen Wasser sitzen die fettesten Krokodile.«

Exakt um 17.45 Uhr, nach fünf Prima Spritzen und einer kuschelig durchgeführten Seenotrettungsübung, begann das Ostseebad plötzlich zu wackeln. Zuerst ganz leicht, dann schaukelte es immer heftiger, und die friedlichen Menschen am Ufer, die Angler auf den Felsen, die Pärchen im Gras sprangen auf und fingen an, wie verrückt mit den Händen zu fuchteln. Die ganze Stadt bebte und entfernte sich plötzlich mit immer höherer Geschwindigkeit von uns. Das Schiff tutete zwei Mal laut, und DJ Jannick spielte eine pathetische Auslaufmusik, eine Mischung aus Wagner und Schlager.

Das gefährliche Warnemünde war uns unter der Nase weggeschwommen. Kleine Boote starteten Richtung Schiff, wurden jedoch von Warnemünde wieder angezogen. Bald verschwand das letzte Stückchen Land vom Horizont, und wir wurden der Ostsee ausgeliefert. Kein Land, kein Mensch, so weit das Auge reichte. Nur die Möwen schrien uns an. Sie wollten uns sicher etwas Wichtiges über die bevorstehende Reise sagen, uns warnen oder trösten. Aber die Musik spielte zu laut, wir verstanden sie nicht.

Jedes Kreuzfahrtschiff hat auf allen Etagen ein unauffälliges Türchen oder einen geheimen kleinen Fahrstuhl mit der Aufschrift »Authorized personnel only«, der ganz nach

Warnemünde

unten fährt. Bunt dekorierte Wände, weiche Teppiche und Kronleuchter verschwinden hinter diesen Türen, alles ist weiß gestrichen, und die Mannschaft lächelt nicht. Oben ist ewiger Sonntag angesagt, und bereits mittags wird Wein ausgeschenkt. Dort unten dagegen ist immer Montag. Hier wird gearbeitet und nur am späten Abend getrunken, in der Crew-Bar im ersten Stock, dort, wo die Fische durch das Bullauge den Matrosen zuschauen.

Gleich am ersten Abend wurden wir von der Crew ins Herz des Schiffes eingeladen, wo die internationale Mannschaft ihre seltenen Feierabendstunden verbringt. Ich glaube, auf jedem AIDA-Schiff gilt die gleiche Aufgabenteilung: die Philippiner sind fürs Putzen und die Sicherheit zuständig, die Ukrainer tanzen und singen, und das obere Unterhaltungsmanagement, das am laufenden Band Witze reißt und gute Laune produziert, kommt aus Österreich. In der Bar unter dem Wasser vertauschten sich jedoch die Rollen: die Philippiner sangen und spielten Klavier, die Österreicher schwiegen nachdenklich, und die Ukrainer soffen am Tresen.

Ich fragte mich, wie alle diese Menschen wohl zu ihren Berufen gekommen waren und wo sie gelernt hatten, so gut zusammenzuarbeiten. Diese Mannschaft funktionierte wie eine gut geölte Maschine. Die Kreuzfahrer wurden auf dem Schiff keine Sekunde lang sich selbst überlassen, sie wurden rund um die Uhr mit Angeboten versorgt: Vom Esstisch ging es zum Fitness, vom Sport zum Swimmingpool, aus dem Wasser zum Tanzprogramm, danach zum Vortrag über die Sehenswürdigkeiten von Tallinn und schließlich zum Saufen an die Bar mit Blick auf Ostseewolken. Es waren zwei große und fünf kleine, die sehr tief über dem Meer und immer an derselben Stelle hingen wie an einer Wäscheleine zum Trocknen aufgehängt. Manchmal tropfte es aus ihnen ein wenig.

Irgendwo auf dem Festland mussten diese AIDA-Leute ein Trainingsschiff haben, wo die Philippiner, die Ukrainer und die Österreicher zusammen lernten, dachte ich. Irgendwo, wahrscheinlich in den Bergen Österreichs, befand sich dieses geheime Trainingslager, das nie das Wasser gesehen hatte und gar nicht nach einem Schiff aussah. Dort übten die Österreicher mit der richtigen Betonung »Stößchen« zu rufen, die Ukrainer lernten, wie man auf einem schaukelnden Deck tanzte, und die Philippiner, wie man flott und gut gelaunt dreitausend Leuten in einer Stunde das Frühstück servierte. Nur wer spielte die Touristen auf diesem Trainingsschiff? Oder wurden sie durch Gummipuppen ersetzt, die vom Swimmingpool zum Restaurant und zurück getragen wurden?

Ich wollte diesem Geheimnis unbedingt auf die Schliche kommen und fragte die Mannschaft aus. Doch weder die Ukrainer noch die Österreicher wollten mir etwas verraten. Nein, meinten sie, es gäbe so ein Schiff nicht, sie seien alle Quereinsteiger, hätten in der Ostukraine eine Tanzschule

Tallinn

besucht oder ganz unromantisch in Bielefeld Veranstaltungsmanagement gelernt. Die Philippiner gaben mir gar keine Auskunft, was sie früher auf den Philippinen gearbeitet hatten. Auf jede Frage konterten sie mit einer Gegenfrage. »Noch einen Aperol Prima Spritz?«, sagten sie und lachten.

Tallinn

Am Morgen, als wir aufwachten, war unser Schiff bereits in Tallinn angelangt. Wir hatten die Stadt das letzte Mal vor fünfzehn Jahren besucht. Ein estnischer Verlag hatte damals mein Buch *Militärmusik* übersetzt und mich zur Buchpräsentation eingeladen. Ich war sehr aufgeregt. Zum ersten Mal erschien eines meiner Werke in einer Fremdsprache, zum ersten Mal fuhr ich ins Ausland – nicht als russischer Tourist, sondern als deutscher Schriftsteller, um den Esten die deutsche Kultur näherzubringen.

Ich glaube, jeder Schriftsteller freut sich, wenn seine Werke in andere Sprachen übersetzt werden. Er kann diese zwar meist nicht lesen und nicht nachprüfen, ob er nun einen guten oder schlechten Übersetzer erwischt hat, aber er kann sich als Weltschriftsteller fühlen und das auch kurz im Gespräch mit Kollegen später erwähnen: »Übrigens, mein Buch ist gerade auf Estnisch erschienen.« Manchmal sagt dann der Kollege: »Na und? Meines schon lange!« Und beide schweigen eine Weile. Sie wissen nicht, wie die Reaktion in Estland auf ihre Werke ist, ob die Esten einander begeistert aus dem Buch vorlesen oder es nur zum Zigarettchendrehen oder Fischeinpacken benutzen. Sie wundern sich vielleicht, dass die estnische Ausgabe nur halb so dick ist wie das Original, und sie können den Namen ihres Verlags nicht aussprechen. Ihr Honorar beträgt zwanzig Euro, die in Raten gezahlt werden, aber erst nach dem vollständigen Ausverkauf der ersten Auflage, versteht sich. Und trotzdem hört sich das unglaublich cool an – »meine estnischen Leser«.

Ich wusste wenig über Estland. Das Land ist klein. Es hat nur 1,4 Millionen Einwohner, von denen ein Drittel nach Finnland abgewandert ist, ein Drittel sind Russen und das letzte Drittel wahrscheinlich Finnen, die zum Saufen nach Estland gefahren sind und es nicht mehr nach Hause geschafft haben.

»Um sich über Wasser zu halten, arbeiten die estnischen Verlage eng mit Sponsoren zusammen«, erklärte mir mein estnischer Gastgeber. Mein Buch wurde beispielsweise von der Tallinner VW-Zentrale mitfinanziert, deswegen sollte die Buchpräsentation in der VW-Vertretung »Sacksa« stattfinden. »Sacksa« heißt auf Estnisch Sachsen und steht für Deutschland. Gemäß einer Idee des Veranstalters musste ich in einem nagelneuen VW Käfer – auf Estnisch: VW Puck – in den Verkaufsladen fahren, aus dem Fenster schauen und anschließend meine Bücher an das umstehende Publikum verteilen.

Tallinn

Die Einladung klang großzügig. Ich durfte auch meine Frau und einen Freund mitbringen. Der Verlag besorgte uns Flugtickets und stellte drei Übernachtungen in einer landestypischen Künstlerwohnung zur Verfügung. Wir überlegten nicht lange und flogen zu dritt hin. Olga meinte, in Tallinn würde sie für ihre Engel-Sammlung bestimmt ein paar neue Exponate finden, und mein Freund Helmut wollte sich in Tallinn einen estnischen Anzug kaufen. Weil wir unterwegs noch eine Zwischenlandung mit drei Stunden Aufenthalt in Helsinki hatten, wo Alkohol sehr teuer ist, nahmen wir einiges mit – Rum, Wodka und Gin – und freuten uns schon auf die gemeinsamen Stunden bei VW Sacksa.

Die ganze Sache hatte nur einen Haken: Keiner von uns besaß einen Führerschein. Den von Helmut hatte die Berliner Polizei kurz zuvor konfisziert, weil er sich erlaubt hatte, im falschen Wagen am falschen Ort mit der richtigen Geschwindigkeit zu fahren und auf kein amtliches Anschreiben reagiert hatte. Meine Frau war wegen ihrer unkonventionellen Fahrweise fünf Mal in drei Fahrschulen durchgefallen und machte gerade eine Pause. Ihr letzter Fahrlehrer hatte so gestottert, dass er ihr nicht einmal verständlich machen konnte, was ihm an ihrem Fahrstil nicht gefallen hatte. Ich konnte damals nur Fahrrad fahren. Das alles hatten wir unseren Gastgebern natürlich nicht erzählt, wir wollten die Sache nicht unnötig verkomplizieren. Irgendwie würde es schon klappen, dachten wir.

Die Ostseereise

Nach einer mehrstündigen Reise durch Skandinavien landeten wir kurz nach Mitternacht in Tallinn. Der Himmel war hellblau, die Frauen dunkelblond und alle Finnen sturzbetrunken. Unser Gastgeber holte uns vom Flughafen ab und brachte uns zur Pension. Dort war das Schlafen jedoch bei der Helligkeit draußen und dem Krach, den alle möglichen dicken Möwen machten, ganz unmöglich. Also blieben wir auf den Beinen.

»Lass uns eine Bar suchen, wo man gemütlich sitzen kann«, meinte Olga. Man brauchte in Tallinn nicht lange nach einer Bar suchen. Und wenn man erst einmal länger als eine Stunde gesessen war, hatte man – entsprechend den Landessitten – zwei bis drei neue Freunde fürs Leben, die einen nie mehr alleinließen. Am sogenannten nächsten Tag fuhren wir also zu sechst zu der Buchpräsentation in die VW-Vertretung, einem modernen Gebäude aus Glas und Stahl am Stadtrand. Ich lernte den deutschen Kulturattaché und den Chef der VW-Vertretung kennen.

»Tolles Buch«, gratulierte mir mein Verleger. »Werde ich unbedingt lesen, irgendwann mal. Aber heute nicht«, fügte er hinzu. »Heute muss ich noch fahren – und du übrigens auch!«

Der Volkswagen Puck stand draußen auf dem Hof. Ich bekam die Schlüssel und einen Stapel Bücher in die Hand gedrückt. Wir tranken noch einen Wein, schauten einander tief in die Augen und beschlossen, dass Olga fährt. Der

Tallinn

Wagen hatte keine Nummernschilder, sie keine Fahrerlaubnis – alles passte gut zusammen. Olga und ich setzten uns ins Auto, Helmut nahm sein Glas und ging in Deckung.

»Guter Wagen«, sagte meine Frau und gab Gas. Der Puck jaulte auf und flog wie ein Pfeil in die geöffnete Tür der VW-Vertretung. Die Fotografen sprangen aus dem Weg, ich warf ihnen meine estnische Ausgabe hinterher. Danach ging alles sehr schnell. Wir drehten mit dem Puck ein paar Runden in der Vertretung, wobei Olga ihr Bestes gab, obwohl ihr die durchsichtigen Glaswände sehr zu schaffen machten. Das Publikum bewegte sich chaotisch um uns herum: Eine mollige Dame schnappte sich einen großen Blumentopf mit einer Palme und rannte damit aus dem Verkaufssaal, der VW-Chef sprang über den Informationstresen, der deutsche Kulturattaché hockte sich gekonnt auf den Tisch. Ich lächelte freundlich und warf ihnen Bücher hinterher – jedem eins.

»Der Rückwärtsgang klemmt«, sagte Olga. Wir hielten an. Es folgte stürmischer Applaus. Die Anwesenden kamen wieder auf den Boden zurück. Dann fand Olga aber überraschend doch noch den Rückwärtsgang – und sofort kam alles wieder in Bewegung. Der Puck verließ rückwärts die Vertretung und kam zwei Zentimeter vor einem anderen Puck zum Stehen. Niemand war verletzt worden, keiner war zu Schaden gekommen – eine glänzende Leistung!

Nach einer kurzen Pause hatten sich auch die Gemüter

beruhigt, und der Verleger lud alle zu Tisch ein. Seiner Rede konnte ich entnehmen, dass ich ein guter Vertreter der deutschen Literatur sei und meine Frau gut Auto fahren könne. Die Anwesenden hielten allerdings weiterhin Abstand zu uns, obwohl wir längst zu Fuß waren.

Nach der gelungenen Buchpräsentation gingen wir mit unseren neuen estnischen Freunden zu zwölft in ein russisches Restaurant namens *Troika,* danach in das *Old Hanse Restaurant* auf dem Rathausplatz und, um weiterzufeiern, zuletzt in eine sowjetische Bar, die seit 1972 unverändert geblieben war. Die Nacht war immer noch hell – oder war es der Tag? Wir saßen auf einer langen Bank und tranken. Die Esten sind schweigsam, aber wenn ein Este eine Geschichte erzählt, dann halten Goethe, Schiller und alle, die danach kommen, die Luft an. Doch bis dahin dauert es.

»Gibt es eigentlich Wölfe in Estland?«, fragte unser Freund Helmut, der sich schon immer für Wölfe interessiert hatte, einen estnischen Freund.

»Jede Menge«, versicherte der, »aber viel berühmter sind unsere Bären. Jedes Jahr kommen viele Jäger aus Deutschland und gehen hier auf Bärenjagd. Mein Onkel, ein estnischer Jäger, organisiert für die Deutschen solche Jagden. Dafür macht er schon im Vorfeld eine Bärenhöhle ausfindig und legt am richtigen Ort Futter aus, damit die Jäger keine Zeit verlieren. Neulich kam eine Jägergruppe aus Bayern, am nächsten Tag sollte es losgehen, aber plötzlich war der Bär

Tallinn

weg. Einfach verschwunden. Meinem Onkel tat es leid um das schöne Geld. ›Sei nicht dumm‹, rieten ihm seine Freunde, ›fahr schnell nach St. Petersburg und kauf dort irgendeinen alten russischen Bären im Zirkus. Die Russen geben dir so ein Tier für ein Trinkgeld.‹ Der Onkel fuhr also in der Nacht nach St. Petersburg, erwarb dort im Zirkus tatsächlich einen Bären, brachte ihn in den Wald, zeigte ihm, wo das Futter lag, und band ihn an einen Baum in der Nähe fest. Am nächsten Tag begaben sich die deutschen Jäger an die richtige Stelle zu einem Hochsitz. Der Onkel ließ den Bären los, und der lief sofort in Richtung Futterstelle.

Nun war aber kurz zuvor eine Frau mit einem Fahrrad in den Wald gefahren. Sie hatte ihr Fahrrad an einem Baum abgestellt und war zum Pilzesuchen im Wald verschwunden. Der Bär sah das Fahrrad unter dem Baum stehen und dachte: Das ist hier ja wie im Zirkus! Er schnappte sich das Fahrrad und fuhr damit weiter bis zur Futterstelle. Die deutschen Jäger waren inzwischen schon langsam ungeduldig geworden. ›Wo ist denn der Bär?‹, fragten sie ihren Begleiter. ›Unsere Bären sind oft etwas langsam‹, antwortete der Onkel. Plötzlich sahen sie, wie ein großer Bär auf einem Fahrrad direkt auf sie zufuhr. Die deutschen Jäger waren verblüfft, der Onkel blieb jedoch gelassen und rief: ›Schießt auf die Reifen! Schießt auf die Reifen!‹ So hatten alle ihren Spaß«, erzählte uns der estnische Kollege: »Die Jäger schossen, und der Bär trat wie verrückt in die Pedale.«

Die Ostseereise

Diese unglaubliche Geschichte mussten wir erst einmal verarbeiten. Alle am Tisch schwiegen eine Weile.

»Wo ist der Bär denn dann gelandet?«, fragte Helmut. »Hat ihn dein Onkel zurück nach St. Petersburg gebracht?«

»Ganz und gar nicht«, meinte unser estnischer Freund nachdenklich. »Die deutschen Jäger haben versagt. Wahrscheinlich fährt der Bär immer noch Fahrrad. Irgendwo dort« – er zeigte mit der Hand in Richtung Westen –, »wo die Sonne im Sommer nicht untergeht, die Wälder so dicht, die Sümpfe so gefährlich und die Finnen so betrunken sind. Dort fährt der russische Bär Fahrrad«, meinte er.

Damals waren wir von dieser Geschichte derart beeindruckt gewesen, dass wir auch heute, fünfzehn Jahre später, an Deck stehend und auf Tallinn schauend, hofften, den Bären auf dem Fahrrad zu treffen. Vor unserem Schiff am Pier standen nur einige Velo-Rikschas, die allerdings ziemlich bärig aussahen. Wir gingen lieber zu Fuß in die Stadt.

Frisch gebaute Hochhäuser ragten an jeder Ecke auf, große Hotels und Einkaufspassagen. Am zentralen Platz fanden wir jedoch mühelos die Orte unseres damaligen Feierns: Das russische Restaurant *Troika* und die Gaststätte *Old Hanse* luden die Touristen mit denselben Speisekarten und derselben Getränkeauswahl wie vor fünfzehn Jahren ein. Sogar die skurrile sowjetische Bar, seit 1972 unverändert, war weiterhin unverändert geblieben. Nur hörte man jetzt viel weniger Russisch auf der Straße und mehr Englisch und Deutsch.

Tallinn

Irgendwo mussten doch all die Russen stecken, sie konnten sich ja nicht in Luft aufgelöst haben. Wir wollten der russischen Spur in Tallinn folgen und schauten im Internet nach, ob es eine russische Buchhandlung in der Stadt gab. Die gab es tatsächlich, irgendwo am Stadtrand. Auf ihrer Internetseite stand, sie habe im April 1998 aufgemacht. Also eine richtig alte Buchhandlung mit Erfahrung. Wir machten uns auf den Weg, hinaus aus der touristischen Altstadt, vorbei an Fahrrad fahrenden Japanern, großen Prospekten mit Shopping-Malls und Hotels. Irgendwann waren die Hochhäuser aus Glas und Beton zu Ende, danach kamen gemütliche, bunt bemalte Reihenhäuser, nach ihnen hässliche Asbesthäuser mit abgefederten Fassaden, dann kleine grüne Holzhäuser, die immer ärmlicher und kleiner wurden. Hunde ohne Leine liefen auf der Suche nach Essbarem auf einer Brachfläche herum. Keine Buchhandlung weit und breit.

Meine Frau fing an zu meckern: »Es gibt überhaupt keine Geschäfte in dieser Gegend, was soll hier überhaupt sein, hier wohnt doch kein Mensch, eine Buchhandlung kann ich mir hier gar nicht vorstellen, und wenn es doch mal eine gegeben hat, hat sie bestimmt schon im vorigen Jahrhundert zugemacht, man darf dem Internet nicht trauen, wir sind schon über zwei Stunden unterwegs, wir kommen zu spät zum Schiff zurück, lass uns umkehren, ich habe so viele Sehenswürdigkeiten und tolle Lokale in der Altstadt gesehen …«

Die Ostseereise

In der Ferne erschien ein kleines Wäldchen. Am Ende des Ödlands stand ein Haus mit einer russischen Buchhandlung im ersten Stock. Das Haus sah unbewohnt aus. Die Buchhandlung hatte keine Tür, zumindest konnten wir keine erkennen. Wir klopften an die undurchsichtige Glasscheibe. Niemand machte auf.

»Sie haben sich bestimmt von innen eingemauert aus Protest gegen die Auflösung der Sowjetunion«, vermutete Olga.

Auf einmal öffnete sich aber doch ein unscheinbares Türchen, das wir übersehen hatten, und die Buchhändlerin ließ uns herein. Sie hieß ebenfalls Olga, wie meine Frau – ein seltener Name –, und sah ein wenig verwirrt aus.

»Entschuldigung«, sagte sie. »Ich war gerade mit dem Sortieren der Literatur beschäftigt und habe Sie nicht gleich gehört.«

»Das ist ja eine ganze Bibliothek«, sagte meine Olga, als sie sich im Raum umsah. Auf zwanzig Quadratmetern stapelten sich Türme aus Büchern. Sie standen in Regalen und Schränken, lagen in Pappkisten und auf dem Boden, unter dem Tisch und auf den Fensterbrettern. Die Buchhändlerin Olga saß an einem Sekretär mit einer Stehlampe und einem Computer, hinter ihr war ein kleiner Kühlschrank zu sehen.

»Wir sind alles«, sagte sie. »Wir sind Bibliothek, Buchhandlung und Antiquariat, wir retten Bücher. Alte Bücher und neue Bücher. Wir haben hier auch viel für junge Menschen, beispielsweise wunderschöne Märchen, wenn Sie

Tallinn

Kinder haben, die Russisch lesen. Oder hier: die vollständige Dostojewski-Ausgabe von 1986, sie steht da neben den Gedichtbänden. Und *Die größten Baustellen des Sozialismus*, eine Geschenkausgabe von 1971, sehr empfehlenswert. Leider lesen die jungen Menschen heute sehr wenig. Neulich fragte mich ein Junge: ›Wozu brauchen Sie so viele Bücher?‹ Er habe nur acht und selbst die wollte er mir verkaufen, der Arme.«

Die Buchhändlerin Olga redete ohne Punkt und Komma. Sie freute sich so überschwänglich über unseren Besuch, als hätte sie schon lange keine Menschen mehr gesehen. Ihr Blick sagte: Auf euch habe ich seit der Eröffnung des Ladens im April 1998 gewartet. Wir waren verblüfft. Als hätte eine Hand des Schicksals ein geheimes Türchen im verdunkelten Schaufenster der Gegenwart aufgemacht und uns in eine längst vergangene Zeit gelassen. Die Bücher meiner Kindheit, über alles geliebte Bände, die unsere Bücherregale in Moskau geschmückt hatten, traf ich hier wieder: den roten Majakowski, den blauen Zola, die sechs Bände der Autobiographie von Konstantin Paustowskij, eine begehrte Seltenheit in der Sowjetunion, 1963 in der Reihe *Bibliothek des Funkens* in kackbrauner Farbe erschienen.

All diese und tausend andere Werke schienen in der Tallinner Buchhandlung ihre letzte Ruhestätte gefunden zu haben, wo sie von der Buchhändlerin Olga täglich hin und her getragen, umdisponiert und neu sortiert wurden.

Die Ostseereise

Anscheinend hatten sehr viele Esten im April 1998 ihre russischen Bücher, die sie nicht mehr zu schätzen wussten, hier abgegeben. Sie waren nur noch störender Ballast, nicht geeignet für die neue postsowjetische Zeit. Die Buchhändlerin Olga gewährte den Büchern Asyl, nahm sie behutsam auf und verwahrte sie. Wir stöberten in den Regalen und konnten uns nicht sattsehen an der Vielfalt der Schätze aus der Vergangenheit.

Wahrscheinlich hat genau diese Vielfalt die Buchhändlerin Olga irre gemacht. Es war nicht nachvollziehbar, nach welchen Kriterien sie die Bücher in den Regalen zusammenstellte. Neben den *Drei Musketieren* von Dumas standen die *Drei Kameraden* von Remarque und *Zehn kleine Negerlein* von Agatha Christie, weiter ein Aufsatz von Erich Fromm, »Die Furcht vor der Freiheit«, und eine Jahressammlung der alten sowjetischen Zeitschrift *Die Bäuerin*.

»Nach welchem System sortieren Sie die Bücher?«, fragte ich die Buchhändlerin Olga. »Nach Farbe? Größe? Seitenzahl? Nach dem Erscheinungsjahr vielleicht?«

Für die Buchhändlerin ergab die Anordnung in den Regalen einen klaren Sinn. »Die Bücher sind thematisch sortiert«, klärte sie mich auf. »Dieses Regal heißt zum Beispiel ›Kunstgeschichte und Philosophie‹.«

»Und warum steht dann hier der Band *Sowjetische Motorräder von A bis Z*?«, hakte ich nach.

»Das ist eine Geschenkausgabe«, erwiderte die Buch-

Tallinn

händlerin Olga. »Also auch irgendwie Kunst. Geschichte. Und Philosophie.«

Auf dem nächsten Regal mit der Aufschrift »Fachbücher Biochemie, Tierwelt« standen Karl Marx, Mark Twain, Darwin und eine *Japanische erotische Poesie* aus dem 18. Jahrhundert nebeneinander.

»Sehen Sie denn nicht?« Die Buchhändlerin blickte mir eindringlich in die Augen. »Merken Sie nicht, dass das alles eins ist, dass alles zusammengehört? Alles gehört zusammen und ist miteinander verbunden«, beteuerte die verrückte Buchhändlerin von Tallinn. »Wollen Sie etwas Kühles trinken?«

Sie öffnete ihren kleinen Kühlschrank, und auch dort lagen neben den Wasserflaschen Bücher in den Fächern und Regalen.

»Sind das Kochbücher im Kühlschrank?«, riet ich aufs Geratewohl.

Sie verneinte. »Es sind Bücher«, erklärte Olga, »für die ich noch nicht den richtigen Ort gefunden habe. Die lege ich in den Kühlschrank, damit ich mich stets daran erinnere, dass sie dringend noch einen Platz brauchen.«

Wir verbrachten schließlich den ganzen Tag in der Buchhandlung, erwarben etwa zwanzig Kilo Fachliteratur über Philosophie, Poesie und Biochemie und verpassten beinahe das Schiff. Ein kräftiger Velotaxifahrer, ein Bär auf einem Fahrrad, hat uns gerettet und direkt zur AIDA gebracht. Er wollte dafür allerdings vierzig Euro haben.

Die Ostseereise

St. Petersburg

Die Kreuzfahrer standen alle an Deck und starrten wie gebannt auf den »Prospekt Korablestroiteley«, einen Wohnkomplex direkt am Hafen, auf gut Deutsch »Schiffbauerdamm«, nur eben in sozialistischer Variante. Von mir wollten die Kreuzfahrer wissen, ob diese Hässlichkeit gewollt war. In ihrer Vorstellung hatte damals der Hauptarchitekt des Imperiums des Bösen seine Schergen und Vasallen zu sich bestellt und verkündet:

»Baut mir einen Prospekt Korablestroiteley aus Häusern, die wie die schlechten und schiefen Zähne eines altes Seewolfs aussehen, und streicht sie in einem Grau, dessen Anblick einem unter die Haut geht. Jedes Kind, das diese Straße einmal aus der Ferne gesehen hat, soll für immer stottern, und den Erwachsenen soll das Lächeln im Gesicht einfrieren. Vor den Häusern macht ihr bitte ein großes Stück Ödland klar, am besten eine Müllkippe, pflanzt aber hier und da ein paar kleine halb tote Bäumchen und Büsche, jedoch nicht zu viele, damit die Menschen vor Sehnsucht nach Grün schier vergehen. Neben der Müllhalde bauen wir noch einen Kinderspielplatz mit einer zerbrochenen Schaukel und einem verrosteten Karussell, damit die Kleinen immer etwas zum Heulen haben. Dann müssen wir nur noch den Asphalt zwischen den Häusern kaputt machen und ein paar

St. Petersburg

Mal aus dem Panzerkreuzer Aurora auf das Ganze feuern, damit es nicht zu neu aussieht – und fertig ist unser Schiffbauerdamm-Babam.«

»Aber nein«, verteidigte ich meine alte Heimat, »die Hässlichkeit war sicherlich nicht gewollt, sie ist auf natürliche Weise durch den Lauf der Zeit, das großartige Scheitern der sozialistischen Welt und das allgemeine Misstrauen gegenüber der kapitalistischen Bauweise entstanden.«

Die Kreuzfahrer nickten verständnisvoll. Sie kauften mir diese Erklärung ab. Der Hauptarchitekt des Imperiums des Bösen schuldet mir ein Bier.

Damals, als die Stadt noch Leningrad hieß, war ich öfter auf dem Schiffbauerdamm gewesen. Hier, in einem grauen Zahnhaus in der zweiten Reihe, hatte eine gute Freundin gewohnt, in einer Zweizimmerwohnung im ersten Stock mit Blick auf eine Trolleybusstation mit dem Schild »Endstation Hafen«. Gemäß der Idee des Architekten sollten wir das Schild jeden Tag lesen, um das Gefühl der Ausweglosigkeit optimal zu verinnerlichen. Die Endstation Hafen sollte auch unsere Endstation sein, damit uns klar wurde, dass wir niemals von hier wegkamen. Egal wie viele große weiße Schiffe an uns vorbeifuhren, auf keinem wäre jemals Platz für uns. Die Schiffe zogen los, um Weltozeane zu durchqueren, wir aber blieben für immer auf dem Schiffbauerdamm, und niemand würde uns retten.

Damals ist mir die Hässlichkeit der Umgebung gar nicht

aufgefallen. Ich ging mit dem Hund meiner Freundin am Wasser spazieren und kaufte mir unterwegs am Kiosk immer für 14 Kopeken ein Waffeleis, das ich heute noch vermisse. Ich bin auch jetzt, dreißig Jahre später, noch der Meinung, das Imperium des Bösen hat das beste Eis der Welt gemacht. Meine damalige Freundin und ich, wir haben uns im vorigen Jahrhundert aus den Augen verloren. Vielleicht wohnte sie noch immer dort und ging mit einem Hund am Ufer spazieren.

Ich wollte nicht von Bord gehen, Olga auch nicht. Was hatten wir da nicht alles schon gesehen. Außerdem hatten wir ja kein Visum für Russland. Was wäre, wenn sie uns verhafteten und in den Knast steckten? »Du hast ja viel Kritisches über Putin geschrieben«, meinte Olga.

Die anderen Kreuzfahrer hatten alle irgendwelche Ausflüge in die Stadt gebucht. St. Petersburg stand ganz oben auf der Wunschliste, die Stadt galt als das Highlight unserer Reise.

»Wenn alle an Land gehen, haben wir das ganze Schiff für uns und können endlich in Ruhe in die Sauna im zwölften Stock gehen«, freute sich meine Frau. Sie hatte zehn Jahre lang in St. Petersburg gelebt, man konnte sie mit den weißen Nächten nicht locken. Außerdem war für den Abend bereits eine große »White Night Party« angekündigt mit typisch russischer Folklore: Dschinghis Khan und Boney M., »Moskau, Moskau« und »Rasputin«. Also beschlossen wir, an Bord zu bleiben.

Unsere Freundinnen vom Entertainment Management,

St. Petersburg

Lorena und Alex, überredeten uns jedoch, das Schiff kurz zu verlassen, um einmal mit ihnen den Souvenirshop zu besuchen. Sie wollten sich dort für die Party unbedingt russische Pelzmützen kaufen, am liebsten in Weiß. Für das Betreten des Souvenirshops war kein Visum nötig. Wir gingen hinein. Drei junge Verkäufer/innen langweilten sich zwischen Pyramiden aus Matroschkas, Pelzmützen in allen Farben des Regenbogens und Putin-Schokolade mit dem Präsidenten auf der Packung. Die gab es in drei Sorten: »Der bittere Putin«, »Der süße Putin« und »Putin mit Nüssen«. Auf der bitteren Schokolade guckte der Präsident streng, auf der süßen stand sein Spruch, er wolle alle Russen glücklich machen, auf der Nussschokolade stand er oben ohne. In einer Ecke des Ladens entdeckte ich einen Panzerschrank mit schwarzem Kaviar für besonders anspruchsvolle Gäste.

Laut ihren Namensschildern trugen alle Mitarbeiter des Shops Namen, die jedem Ausländer leicht verständlich waren. Sie hießen Nikita, Ivan und Angelika.

»Nehmen Sie ihn«, sagte Nikita zu mir, als er merkte, wie ich mir den Putin auf der Schokolade ansah. »Nehmen Sie ihn uns bitte endlich weg, sonst bleibt er hier für immer liegen«, bat er mich.

»Träum weiter!«, sagte ich. »Der ist zu teuer und schmeckt mir nicht.«

»Uns auch nicht«, nickte Nikita. »Aber was sollen wir tun? Er ist nun mal da. Wohin mit ihm?«

Die Ostseereise

»Den werdet ihr nie los«, bestätigte ich. »Er wird euch auch in hundert Jahren noch glücklich machen wollen.«

»Wenn Sie uns nur eine dieser Matroschkas abkaufen, bekommen Sie zehn Tafeln Schokolade umsonst dazu«, mischte sich Angelika ins Gespräch ein.

Die Matroschka war groß und bestand aus 23 Puppen.

»Daran muss die ganze Stadt einen kompletten Winter lang geschnitzt haben«, bemerkte ich.

»Ja sicher«, bestätigte Nikita. »Halb Peking hat daran gearbeitet. Die chinesischen Genossen sind sehr fleißig. Wenn im Parteiprogramm ›schnitzen!‹ steht, hören sie nicht auf, bis sie fertig sind.«

»Ich nehme diese Matroschka nicht, sie ist teurer als mein Auto«, sagte ich.

»Lassen Sie uns tauschen! Ihr Auto gegen die Matroschka«, reagierte Ivan sofort.

Je länger ich mit den jungen Leuten sprach, umso besser gefielen sie mir. Ivan, Angelika und Nikita hatten einen guten Humor und waren politisch nicht verblendet. Sie überschütteten uns mit Fragen: wo wir herkamen, wie lange wir schon in Berlin lebten und ob es uns dort noch immer gefiel. All diese jungen Menschen wollten ins Ausland, sie sahen in ihrem Land keine Zukunft für sich. Wer will schon als Matroschkaverkäufer auf einem Kaviarpanzerschrank sitzend sein Leben fristen.

»Nehmen Sie uns! Wenn Sie die Matroschkas nicht

St. Petersburg

wollen, nehmen Sie uns mit nach Berlin!«, schlug Nikita vor.

»Mir kommen gleich die Tränen«, sagte ich. Ich versuchte zynisch zu bleiben, aber es gelang mir nur schlecht. Am Ende kaufte ich ihnen doch die Putin-Schokolade ab, damit sie ein wenig Kasse machten. Außerdem hatten Lorena und Alex zwei weiße Fellmützen erworben, sodass Angelika, Ivan und Nikita glücklich waren.

»Wir sehen uns in Berlin!«, riefen sie uns zum Abschied zu.

Den Rest des Tages verbrachten wir auf dem Schiff, ganz allein. Von der Sauna aus konnten wir das neue Stadion sehen, das die Russen für die Fußballweltmeisterschaft schon fast zu Ende gebaut hatten. Milliarden von Dollar waren in dieser Baugrube verschwunden, der Berliner Flughafen war ein Kinderwitz dagegen. Verzweifelt hatte der Bürgermeister sogar sein Büro auf die Baustelle verlegt, damit er jeden Morgen persönlich in die teuerste Baugrube der Welt schauen konnte. Er wollte verstehen, wo die Milliarden hinschwammen, kam aber trotz aller Anstrengungen nicht dahinter. Lieferanten und Bauunternehmen meldeten Insolvenz an, die Baugrube füllte sich mit dem teuersten Regenwasser der Welt, immer neue Subunternehmer wurden angeheuert, und überall wurde nach billigen Arbeitskräften gesucht. Usbeken wurden durch Tadschiken ersetzt, die preiswerter waren. Es ging trotzdem nicht voran.

Die Ostseereise

Dann kamen die Nordkoreaner. Sie arbeiteten gewissenhaft und praktisch umsonst. Als Journalisten die Nordkoreaner auf der Baustelle entdeckten, gab es einen Riesenskandal: Die Stadt würde moderne Sklaverei betreiben, schrieben die oppositionellen Zeitungen. Einige schafften es, mit den Nordkoreanern auf der Baustelle zu reden. Sie fanden heraus, dass die Arbeiter in ihrer Heimat die Behörden hatten schmieren müssen, um diesen Auftrag zu ergattern. Für sie war es die einzige Möglichkeit, einmal ins Ausland zu gelangen, in einem sauberen Bett zu schlafen und drei Mal am Tag etwas zu essen zu bekommen. Die Armut der Welt ist ein Fass ohne Boden. Kaum glaubt man, endlich die Ärmsten der Armen gefunden zu haben, schon klopft jemand von unten an, der noch ärmer ist.

Erst gegen Abend kamen alle Kreuzfahrer aufs Schiff zurück, sichtbar zermürbt durch die Strapazen ihrer Ausflüge. Sie beschwerten sich, wie hektisch die Stadt sei, wie unfreundlich die Busfahrer und wie überfüllt die Museen. Ihr Fahrer habe an keiner Kreuzung gehalten, er sei mehrmals bei Rot über Ampeln gefahren, und keiner wäre angeschnallt gewesen. Für die Besichtigung der Eremitage hatte man ihnen dreißig Minuten Zeit gegeben, durch das Bernsteinzimmer mussten sie joggen. Und alle Russen, mit denen sie in Kontakt gekommen waren, hatten einen gestressten Eindruck gemacht.

Die Gründe dafür waren nachvollziehbar. Sie begingen in

St. Petersburg

jenem Jahr ein großes Jubiläum: 100 Jahre Oktoberrevolution. Nur wussten sie nicht, wie sie das richtig feiern sollten. Es gab mehrere Vorschläge: Den Sturm auf den Winterpalast des Zaren nachzustellen wurde abgelehnt, weil unklar war, ob man die Menschen aus dem Palast je wieder herausbekommen würde. Die Besetzung der Post und der Zentralbank kam nicht infrage. Eine Alternative wäre in meinen Augen gewesen, tatsächlich den Panzerkreuzer *Aurora* auf den Schiffbauerdamm feuern zu lassen mit anschließender Erstürmung des Matroschka-Shops. Doch nach Auskunft der russischen Flotte war der Panzerkreuzer in keinem guten Zustand, er würde ein solches Feuerwerk möglicherweise nicht überleben und untergehen.

Die Stadt entschied sich als Zeichen der Versöhnung für eine mildere Variante. Dafür wurden die Überreste der Zarenfamilie als heilige Reliquien in der Isaakskathedrale zur Schau gestellt. Die von den Bolschewiken ermordete Zarenfamilie war in Russland heiliggesprochen worden, ihre Gebeine sind Reliquien, und Russen lieben Reliquien aller Art. Als eine Rippe von Nikolaus, dem Wunderheiler aus der italienischen Stadt Bari, nach Moskau und später nach St. Petersburg transportiert wurde, standen Millionen Menschen aus ganz Russland Schlange, um die Rippe einmal zu küssen und um Erlösung zu bitten. Die Gründe, die die Menschen zu der Rippe zogen, hätten unterschiedlicher nicht sein können. Die einen wollten einen Lebenspartner finden, die anderen einen loswerden, Eltern baten um das Wohl ihrer Kinder, Kinder für ihre Eltern oder dass die Oma gesund werde. Tag und Nacht, in Regen und Kälte standen die Menschen in der Schlange vor der Rippe.

Russische Kirchen haben jede Menge eigene Reliquien, auch mehrere Rippen desselben Heiligen sind vorhanden. Doch anscheinend vertrauen die Russen den heimischen Reliquien nicht. Nur eine ausländische Rippe kann wirklich halten, was man sich von ihr versprochen hat. Der Kommunismus, das größte Versprechen des vorigen Jahrhunderts, erwies sich für die Russen als große Täuschung. Seitdem herrscht Misstrauen bezüglich der heimischen Versprechen. Ob Politiker, Popen, Oligarchen, Richter oder Journalisten etwas versprechen, die Russen wissen, alles ist Betrug. Nur die kleine italienische Rippe kann ihre Bitterkeit und Verzweiflung überwinden, nur sie gibt ihnen die Kraft, die Zeitlosigkeit der Gegenwart zu überstehen. Und vielleicht wird auch die Oma gesund. Möge der Rippe Gnade grenzenlos sein.

Abends gab es auf dem Schiff im »East Restaurant« russisches Essen: Teigtaschen mit Kartoffeln, Rote-Beete-Suppe, Salzgurken und Blinis mit falschem Kaviar in Rot, Schwarz und Gelb. Der falsche Kaviar ist größer als der echte, er quietscht auf der Zunge und ist ziemlich bissfest. Wenn er herunterfällt, springt er wie ein Tischtennisball und rollt auf dem Boden.

St. Petersburg

»Was sind das für Kügelchen?«, fragte das Kind unserer Tischnachbarn aus Bayreuth.

»Das sind Fischkinder, die noch nicht geschlüpft sind«, erzählte ihm die Mama geduldig.

Nach dem Essen erfreuten uns DJ Janneck und die ukrainischen Solisten mit dem Tanzprogramm »Russian White Night«: Kalinka, Katjuscha, Moskauer Abende, Ivan Rebroff, alle Deutschen kannten den Text. Die Philippiner hinter dem Tresen trugen weiße Pelzmützen und verteilten Cocktails »Moskau Mule« sowie die Reste der Rote-Bete-Suppe unters Volk. Die Kreuzfahrer zeigten sich gut gelaunt. Auch diejenigen, die sich über die Unfreundlichkeit des Busfahrers und die Hektik der Russen beschwert hatten, hatten ihnen verziehen. Sie tanzten mit uns zusammen Kasatschok bis weit nach Mitternacht, sprangen wie die Fischkinder an Deck herum, und einige schienen kurz vor dem Schlüpfen zu sein. Meine Frau erzählte von ihrer Jugend in St. Petersburg, was für eine freundliche, intelligente Stadt das gewesen wäre, die schönste Russlands! Ich verteilte währenddessen an alle Willigen Putin-Schokolade. Der bittere Putin war in Ordnung, der süße so lala, und der mit den Nüssen schmeckte gar nicht.

Allmählich löste sich die russische Wiege der Revolution am grauen Horizont auf. Wir näherten uns der finnischen Hauptstadt.

Die Ostseereise

Helsinki

Das Land Finnland war in unserer Kindheit stets präsent gewesen – als einziges kapitalistisches Land, mit dem die Sowjetunion einen regen Warenaustausch unterhielt. Wir wussten nicht, was unsere Regierung nach Finnland exportierte: Streichhölzer? U-Boote? Den Chor der sowjetischen Armee? Im Gegenzug bekamen wir jedenfalls finnische Frauenstiefel, Nylonsocken für Männer und den wahren Exportschlager: finnischen Schmelzkäse der Marke *Viola* mit einer wunderschön lächelnden Blondine auf der Dose. Den Geschmack dieses pikanten Importprodukts kann ich noch heute jederzeit aus dem Gedächtnis hervorholen: Silvester, die Eltern vor dem Fernseher, ein Tannenbaum in der Ecke und *Viola* auf dem Tisch. Die kleinen runden Käsedosen hat man nie weggeworfen, sie wurden von Frauen als Schmuckkästchen weiterverwendet oder einfach auf dem Fensterbrett in der Küche abgestellt, um für mehr Gemütlichkeit zu sorgen.

In Karelien und Leningrad waren die Beziehungen zu Finnland noch enger als in Moskau, dort gab es sogar finnische Eier, die als besonders gesund und delikat galten. Nur selten schafften sie es bis in unsere Moskauer Küche. Anders als die russischen waren die finnischen Eier ordentlich mit roter Farbe gestempelt: »Kananmuna« stand auf ihnen. Ein

Helsinki

Freund von mir erzählte, »Kananmuna« würde auf Finnisch »Königshühnchen« bedeuten, ein zauberhaftes Hühnchen, das goldene Eier legte.

In der Schule lernten wir, dass Finnland sehr lange unter dem Joch der Kolonialmächte gelitten hätte, bis Lenin dem Land 1917 großzügig die Unabhängigkeit schenkte. Die anderen Kommunisten waren überrascht, Stalin war sogar dagegen gewesen. Aber Lenin sagte damals zu den Finnen: Fliegt in die Freiheit! Lenins Autorität war so groß, dass er sich gegen die anderen durchsetzen konnte. Der Anführer des Weltproletariats war überzeugt davon, dass die Finnen sowieso und von allein weiter am Aufbau des Sozialismus teilnehmen würden.

Das taten sie auch – jedenfalls einige Monate lang. Dann waren sie des Sozialismus müde und beschlossen, zur Abwechslung auch andere Gesellschaftsformen auszuprobieren. Als einziges Land in Skandinavien, das kein Königshaus besaß, entschieden sie sich zunächst für einen Monarchen.

»Die Schweden haben einen, die Dänen ebenso, sogar die Norweger – sind wir etwa schlechter als sie?«, dachten die Finnen und wandten sich an die Deutschen, die immer ein paar Monarchen zum Verschenken vorrätig hatten. Die Finnen fragten einen hessischen Prinzen, Friedrich Karl, ob er vielleicht Lust hätte, die finnische Krone anzunehmen. Friedrich Karl fuhr nach Helsinki und Turku, sah sich dort alles an und meinte, er müsse erst noch einmal darüber

Die Ostseereise

schlafen. Einerseits war er natürlich scharf auf die finnische Krone, andererseits kamen ihm die Finnen irgendwie unheimlich vor. Die Sprache war nicht zu verstehen und die Menschen ebenso wenig.

Wahrscheinlich wurde Friedrich Karl in dieser Zeit von schlechten Träumen heimgesucht. Er träumte, wie er als finnischer König Kananmuna einen Schlitten mit Rentieren bekam und damit über das lappländische Eis rutschte. Dabei wuchs ihm ein großer weißer Bart, und an seinem Rücken hing ein Sack voller Geschenke. Er wachte schweißgebadet auf: Bin ich etwa der Weihnachtsmann, oder was? Anschließend sagte er zu den Finnen:

»Danke der Nachfrage! Aber aus gesundheitlichen Gründen kann ich die finnische Krone leider nicht annehmen. Ich bin eigentlich mehr ein Sonnenkönig.«

»Dieser doofe Hesse!«, regten sich die Finnen auf. »Wir hätten ihn sowieso spätestens in einem Jahr geköpft, weil der Finne von Natur aus nach Freiheit strebt!«

So wurde Finnland eine demokratische parlamentarische Republik mit einem Präsidenten, der fortan Kekkonen hieß und dankbar alle sechs Jahre wiedergewählt wurde.

Damals, als die Finnen vom Sozialismus abwichen, rieb sich Stalin schadenfroh die Hände und bezichtigte Lenin der Blauäugigkeit. Man durfte keine Unabhängigkeiten verschenken! Doch die Genialität der Leninschen Entscheidung wurde viele Jahrzehnte später für alle in der

Helsinki

Sowjetunion sichtbar: Die finnische Republik nahm durchaus am Aufbau des Sozialismus teil, indem sie uns mit Frauenstiefeln, Nylonsocken und dem Schmelzkäse *Viola* beglückte. Nach Westeuropa lieferte Finnland dann vor allem Kultur: die skurrilen Gestalten aus den Kaurismäki-Filmen und die schlechteste Rockband der Welt – die »Leningrad Cowboys«. Sie waren der Russenersatz für den Westen. Viele Wessis halten die Leningrad Cowboys noch heute für eine russische Band. »Genau so haben wir uns die Russen immer vorgestellt«, erzählte mir neulich ein amerikanischer Musiker, als ich ihn fragte, ob er eine russische Band kennen würde.

Lange vor dieser Kreuzfahrt hatte ich Finnland mehrmals beruflich besucht, immer mit skurrilen Aufträgen. Einmal präsentierte ich mit meiner »Russendisko« die deutsche Kultur auf der finnischen Buchmesse. Ein andermal hatte ich meinem finnischen Kollegen M. A. Numminen bei einer Buchrecherche geholfen: Zusammen hatten wir die nördlichste Kneipe der Welt gesucht. Diese Reise ist mir nur nebelig in Erinnerung geblieben. Gerade im nördlichen Teil des Landes, wo wir unterwegs waren, fiel es uns schwer, einen klaren Kopf zu behalten. Die Lappen liebten Numminen über alles, deswegen versuchten sie ständig, uns mit allem Alkohol, den sie hatten, abzufüllen, sodass wir uns am nächsten Tag an nichts mehr erinnern konnten.

Zum Glück hatte die Frau des finnischen Kollegen an

dieser Reise teilgenommen und alles sorgfältig aufgeschrieben, was wir vergaßen. Mir sind nur die erste und die letzte Kneipe auf dieser Recherche in Erinnerung geblieben. Die erste hieß »Roskapankki«, auf Deutsch »Abfallbank«. Diesen Namen bekam der Laden, weil sich dort früher eine Sparkasse für Arme befunden hatte. In der Kneipe saßen zwei Frauen und 48 Männer, die alle aussahen, als hätten sämtliche Knäste Helsinkis ihre Schwerverbrecher entlassen, unter der Bedingung, dass sie schnurstracks in die Abfallbank gehen und diesen Laden nicht mehr verlassen würden. Aus den Boxen tönte ununterbrochen die Musik von »Stray Kats«, zum Trinken gab es Bier und Schnaps.

Unsere Runde wurde schnell größer. Laufend setzten sich irgendwelche Finnen zu uns. Wir sprachen einen Mischmasch aus Deutsch, Englisch, Finnisch und Russisch. Kurz nach Mitternacht ging einer der Finnen an den Tresen und knallte eine Minute später sechs Gläser mit schwarzblauer Flüssigkeit auf den Tisch. »Drink! Salmiakkikossu!« Mir klang schon dieser Name verdächtig. Gute Schnäpse hießen anders. Sie hießen »Wildkirsche« oder »Marille«, wohlklingende Namen, die einen an den Garten Eden und an die Früchte vom Baum der Erkenntnis denken ließen. »Salmiakkikossu« klang nach Satansbrühe.

»Nein danke!«, sagte ich und beobachtete neugierig das Getränk. Es sah aus wie dicke schwarze Tinte mit ein paar Seifenbläschen an der Oberfläche.

Helsinki

»Drink! Lakritze! Schmeckt gut!«, behauptete mein neuer finnischer Freund.

Wir leben nur einmal, was soll's!, dachte ich und kippte den Schwarzen weg.

Am übernächsten Tag wachte ich auf. Ich saß in einer fremden, streng riechenden Jacke in einer vollkommen unbekannten Runde. Das Gespräch verlief auf Finnisch, doch durch den Zaubertrank Salmiakkikossu beherrschte ich die Sprache auf einmal fließend und verstand jedes Wort.

»Wo sind wir, Freunde?«, fragte ich die Männer, die neben mir saßen.

»Willkommen in der nördlichsten Kneipe der Welt«, sagten sie und lachten.

Die nördlichste Kneipe war ein *7-Eleven* mit einem Pakistani hinter dem Tresen, der uns Cola und Dosenbier einschenkte.

Aus meinen Reisen nach Finnland hatte ich zwei Sachen fürs Leben gelernt:

Regel Nummer eins: Sag niemals zu einem Finnen: »Das ist hier ja wie in Russland!« Dann rasten diese ruhigen Menschen total aus.

Regel Nummer zwei: Trink niemals, unter keinen Umständen, Lakritzschnaps. Das Zeug hat mehrere Namen, es heißt Salmiakkikossu oder Salmari. Finnen erzählen gern, es sei ein Nationalgetränk und sehr beliebt ... Nicht trinken! Sich höflich bedanken und das Gespräch auf das tolle finnische Bier umlenken, auf die schönen Frauen, die dichten Wälder und Pipapo. Hauptsache kein Schnaps. Sonst ist das Land ja sehr angenehm, die Menschen sind freundlich, *Viola* schmeckt gut, und die Sauna ist die beste der Welt.

Diesmal besuchte ich das Land als Kreuzfahrer mit dreitausend deutschen Touristen an meiner Seite. Es konnte eigentlich nichts schiefgehen, dachte ich. Unsere AIDA bekam einen Ehrenplatz im Hafen von Helsinki, direkt neben einem Denkmal, das zu Ehren des russischen Zaren Alexander II., auch als Befreier bekannt, errichtet worden war. Weil die Finnen durch das hinterhältige Versagen eines deutschen Prinzen nie einen eigenen König gehabt hatten, begehrten sie diesen Alexander. In ihrer Vorstellung hatte er und nicht Lenin ihnen den Weg in die Unabhängigkeit frei gemacht.

Der Wahrheit halber muss ich sagen, dieser Alexander war schon ein aufgeklärter Monarch. Der gute Mann hatte Finnland, damals Teil des russischen Imperiums, mehr Autonomie zugebilligt. Er hatte den Finnen erlaubt, Finnisch zu sprechen und Salmiakkikossu zu brennen, was damals keine Selbstverständlichkeit war. In Russland hatte er die Leibeigenschaft beendet und eine politische Opposition – nämlich revolutionäre Studenten – toleriert. Diese Studenten wurden ihm jedoch später zum Verhängnis. Als einziger russischer Zar wurde ausgerechnet dieser milde Herrscher Opfer eines terroristischen Anschlags mit einer Granate, die ihn in Stücke riss.

Helsinki

Im Hafen neben seinem Denkmal stand ein finnisches Riesenrad mit zwei eingebauten Saunakabinen, die leer in der Luft schwebten. Wir hatten einen phantastisch warmen Tag in Helsinki erwischt. Und da die Finnen von der Sonne nicht verwöhnt waren, hatten sich alle einen freien Tag genommen. Mehrere Souvenirläden und Cafés hatten geschlossen, ihre Besitzer saßen auf Klappstühlen vor ihren Geschäften oder lagen im Gras am Ufer und nahmen ein Sonnenbad. Auch der Präsident war wahrscheinlich auf Urlaub. Der Präsidentenpalast stand leer, die finnische Fahne hatte man eingeholt, die lustigen Soldaten, die sonst vor dem Tor des Palastes Wache hielten, waren wahrscheinlich ebenfalls an den Strand marschiert. Nur auf dem kleinen Markt neben dem Palast verkauften blonde Frauen gelbe eingelegte Sumpfbeeren, die nur Russen und Finnen kennen. Wir nahmen gleich ein halbes Kilo mit in den Bus.

Anders als die meisten kulturinteressierten Kreuzfahrer waren wir auf Paläste und Denkmäler nicht so scharf. Für uns kamen nur solche Ausflüge infrage, bei denen es etwas Gutes zu essen und zu trinken gab. Für unseren Zwischenstopp in Finnland hatten wir einen kleinen Ausflug zum Gutshof Haikko gebucht, mit einem »volkstümlichen finnischen Essen in traditionellem Ambiente«, wie es im Programm hieß. Außerdem sollte dieser Haikko einen ganz edlen Lakritzsaft aus eigener Produktion ausschenken. Wir hatten Hunger und aßen bereits im Bus auf dem Weg zu

Die Ostseereise

Haikkos Gutshof ein halbes Kilo gelbe salzige Beeren. Wir versuchten, auch unsere Busnachbarn zu überzeugen, dass diese Beeren nicht giftig waren, doch die Deutschen sind sehr vorsichtig, was unbekannte Speisen betrifft. Nicht umsonst lautet ein verbreitetes deutsches Sprichwort: »Was ich nicht weiß, macht mich nicht heiß«, und ein anderes: »Was der Bauer nicht kennt, das isst er nicht.« Die neben uns Sitzenden waren also nicht bereit, gelbe Beeren zu essen, schon gar nicht, wenn sie dazu von Russen eingeladen wurden. Nur ein mutiger Rentner aus Dortmund nahm uns ein Paar Beeren ab, seine Frau schüttelte kritisch den Kopf.

Die ganze Zeit im Bus machte unsere Reiseführerin Werbung für Finnland und erzählte, was für ein tolles menschenfreundliches Land es sei: Jedes Kind bis 18 dürfe hier ohne Angelschein angeln, dann eine Weile nicht mehr und ab 64 wieder, erzählte sie. Auch zum Pilzesammeln brauche man keinen Schein in Finnland, man könne so viel sammeln wie man wolle, es gäbe keine Begrenzung. Die Italiener, die bekanntermaßen eine starke Steinpilzabhängigkeit hätten, kämen extra zum Pilzesammeln nach Finnland. Sie fuhren mit zwei Bussen – in dem einen saßen sie selbst, in dem anderen transportierten sie später die Pilze.

Ob man in Finnland auch ohne Führerschein Autofahren könne, wollte ich fragen, kam jedoch nicht dazu. Die anderen Kreuzfahrer fragten die Reiseführerin über Flüchtlinge aus. Sie hätten im Hafen viele dunkelhäutige Männer gesehen,

Helsinki

die am Ufer saßen, Wasserpfeifen rauchten und aufs Wasser schauten. Wie die Finnen mit fremden Kulturen umgingen, wollten sie wissen.

»Das ist hier in der Tat ein großes Problem, eine brennende Frage«, meinte die Reiseführerin. »Wir hatten in Finnland traditionell wenig Ausländer, weil das Land etwas abseits der Flüchtlingsrouten liegt. Im Grunde sind die Finnen aber durchaus gastfreundliche Menschen, wenn auch zurückhaltend. Sie wollen mit ihrer Gastfreundlichkeit niemandem auf die Pelle rücken. In Kneipen sitzen sie einander manchmal stundenlang schweigend gegenüber. Das heißt aber noch lange nicht, dass sie sich nicht unterhalten, nur ein Blinder würde das behaupten. Sie unterhalten sich bloß, ohne Geräusche dabei zu machen«, meinte unsere Reiseführerin, sichtbar in das Land und die Menschen verliebt:

»Hier sagt ein Blick manchmal mehr als eine halbe Stunde Small Talk der amerikanischen Art. Die Menschen können Wärme ausstrahlen, und mitunter – vorausgesetzt, sie mögen einander und haben genug intus – leuchten Finnen in der Dämmerung wie kleine Laternen. Die Nächte sind in Finnland lang, und Strom ist teuer, deswegen verbringen Finnen viel Zeit in dunklen Räumen, in Kinos, Kneipen und in der Sauna. Die Sauna ist ihre Kirche, dort werden die Menschen wieder so, wie sie auf die Welt gekommen sind: nackt, nass und ehrlich. Deswegen spielt bei uns die SG, die finnische Sauna-Gesellschaft e.V., eine herausragende Rolle. Sie bildet eine Art Schattenregierung. Sie beobachtet das Weltgeschehen, schwitzt darüber nach und gibt Ratschläge, was von den Ereignissen zu halten ist. Wenn die finnische Welt aus den Fugen gerät, macht die Sauna-Gesellschaft einen magischen Aufguss, und schon ist wieder alles in Ordnung.«

Im Jahr der Flüchtlingskrise, als viele Menschen ohne Papiere aus zerstörten fernen Ländern nach Europa kamen, hatten die Finnen Mitleid mit den Flüchtlingen. Gleichzeitig hegten sie die Hoffnung, dass die armen Menschen es nicht bis nach Finnland schaffen würden. Zu tief der Schnee, zu schwach die Pilger, zu unübersichtlich die Gesetzeslage. Doch die Finnen hatten die Flüchtlinge unterschätzt. Sie kamen über die Arktis, auf der sogenannten Russenroute, von Murmansk bis zur norwegischen Grenze und dann weiter mit dem Fahrrad zum Dreiländereck Schweden, Finnland, Norwegen, wo sie auf die einzelnen skandinavischen Länder verteilt werden mussten. Die Skandinavier wollten anfangs keine Flüchtlinge ins Land lassen, die zu Fuß angekommen waren, weil es nicht erlaubt war, zu Fuß über die Grenze zu gehen. Auch Flüchtlinge mit Fahrzeugen wurden nicht durchgelassen.

Findige Russen verkauften den Syrern allerdings alte chinesische Fahrräder ohne Handbremse, auf denen diese die Grenze überquerten und die Fahrräder gleich hinter der Schranke liegen ließen. Die Syrer hatten gar nicht vor, weiter nach Norden zu ziehen. Sie wussten: Die Erde ist rund.

Helsinki

Wenn sie ihre Reise immer weiter fortsetzten, würden sie irgendwann wieder dort landen, wo sie hergekommen waren. Und das wollten sie auf jeden Fall vermeiden. Außerdem war das Fahrradfahren im Schnee sehr anstrengend, man kam schlecht voran.

Die Finnen wurden von den Flüchtlingen auf Fahrrädern überrascht. Niemand hatte mit so vielen Fremden gerechnet. Im Fernsehen sagte der freundliche Nachrichtensprecher, es würden höchstens dreihundert Personen erwartet. Es kamen 30 000, nicht nur aus Syrien. Man munkelte, die Russen hätten die Situation ausgenutzt und zu den echten Syrern ihre eigenen Illegalen aus Tadschikistan oder Turkmenistan mit Fahrrädern nach Finnland geschickt. Wegen der Wirtschaftskrise waren viele Lohnarbeiter aus den mittelasiatischen Republiken ohne Arbeit und Geld in Russland hängen geblieben. Diese armen Menschen hätten die schlauen Russen nun auf Fahrräder gesetzt und ihnen erzählt, sie sollten schön fleißig in die Pedale treten, dann würde ein süßes Leben in Europa auf sie warten.

Der Berg aus chinesischen Fahrrädern an der Grenze wuchs immer höher. Er wurde von einem Fotografen geknipst, und das Foto landete auf den Titelblättern sämtlicher Zeitungen und Zeitschriften. Die Bilder sorgten für Heiterkeit. Was machen die Finnen mit den Fahrrädern?, fragten sich die Europäer. Und was machen wir mit den Syrern?, fragten sich die Finnen.

Die Ostseereise

Wie immer, wenn ein Volk vor scheinbar unlösbaren Problemen steht und sich überfordert fühlt, richten sich alle Blicke auf die größte Autorität im Land. In diesem Fall war das die Finnische Sauna-Gesellschaft. Sie bereitete gerade einen Aufguss vor.

»Wir müssen mit den Neuankömmlingen ins Gespräch kommen, damit sie uns, unser Land und unsere Sitten besser kennenlernen«, sagte der FSG-Vorsitzende im Fernsehen. Die finnische Sauna-Gesellschaft lud die Flüchtlinge zum gemeinsamen Schwitzen in ihre Hauptsauna ein – um ihre Integration zu befördern. Natürlich nicht alle Flüchtlinge auf einmal. Die Sauna-Gesellschaft hatte zwar eine riesige Anlage mitten in Helsinki, hundert Leute konnten dort problemlos gleichzeitig schwitzen, aber 30 000 passten nicht hinein. Es ging auch nicht darum, alle Syrer in die Sauna zu schleppen, es sollte nur eine symbolische Aktion zum gegenseitigen Kennenlernen werden. Dazu wurden vier »Syrer« für den Saunabesuch ausgewählt: ein netter Pakistani mit Brille, ein magerer, von den Russen abgeschobener Tadschike, ein breitschultriger Algerier und ein schnurrbärtiger Syrer aus der zerbombten Stadt Homs.

Schon im Umkleideraum gab es die ersten Probleme, erzählte der Vorsitzende im Fernsehen später. Die Gäste wollten ihre Hosen nicht ausziehen. Der Tadschike behielt sogar seinen Mantel an.

»Hosen runter!«, sagte der Vorsitzende der Finnischen

Helsinki

Sauna-Gesellschaft, doch seine Autorität schien bei den Flüchtlingen nicht zu funktionieren. Sie waren alle mit Fahrrädern aus islamisch geprägten Ländern angereist, in diesen Ländern war es Männern schlicht verboten, anderen ihre Genitalien zu zeigen. Besonders gläubige Menschen schauten sogar ihren eigenen Genitalien nie in die Augen, alles zwischen den Knien und Bauchnabel wurde als »Aura« bezeichnet. Diese »Aura« war heilig und durfte nicht begafft werden, so erklärten die Gäste ihren Unwillen zum Ausziehen.

Die Finnische Sauna-Gesellschaft scherzte, sie würde gern wissen, ob diese »Aura« beidseitig heilig sei oder nur von vorne. Das mussten die Gäste erst einmal unter sich klären, es gab anscheinend je nach Herkunftsland verschiedene Auslegungen dieser Sitte.

»Mir«, sagte der Pakistani leise in gutem Englisch, »ist das absolut egal. Ich würde die Hose sofort ausziehen, wenn ich allein wäre. Ich bin Atheist, ich wurde in Pakistan für meinen Internet-Blog zu einer Haftstrafe verurteilt. Ich lebe aber nicht allein, sondern in einem Flüchtlingsheim. Wenn die anderen Radfahrer erfahren, dass ich hier mit nacktem Hintern zwischen fremden Männern sitze, schneiden sie mir die Eier ab«, klärte er die Sauna-Gesellschaft auf.

Der radikalste Hosenträger schien der Algerier zu sein. Er hing mit beiden Händen an seiner Aura, und das mit einem Gesichtsausdruck, als hätte er eine Bombe in der Hose.

Die Ostseereise

Der Syrer zeigte sich flexibel. Er sagte, er würde vielleicht die Hose runterlassen, wenn man ihm erlaube, seine Familie nachzuholen. Er habe noch sechs Cousins an der ungarischen Grenze hinter dem Stacheldraht stehen.

Der Tadschike zitterte und machte seinen Mantel immer enger zu. Anscheinend war es ihm selbst in der finnischen Sauna zu kalt. Die Tadschiken haben ein anderes Klima, sie frösteln dort, wo die Finnen schwitzen.

Der Vorsitzende der finnischen Sauna-Gesellschaft blieb locker und verständnisvoll. Er schickte die ganze Bande zurück ins Heim, machte einen fetten Aufguss und schwieg einen Tag lang nachdenklich. Am nächsten Morgen sagte er im Fernsehen, ein Zusammenleben sei möglich, der Weg dorthin werde aber hart und steinig sein.

»Wir sind also zuversichtlich, wir schaffen das«, erzählte die Reiseführerin.

Auf dem Gutshof Haikko bekamen wir gutes Essen serviert: ein Rehbock-Carpaccio und Wildlachs auf Holz gegart. Es gab nur ein Problem: Für einen Lakritzschnaps wollte Haikko neun Euro fünfzig haben. Ich wollte trotzdem unbedingt mit jemandem auf die Völkerverständigung anstoßen, für eine gute Sache war mir kein Geld zu schade. Also lud ich den mutigen Rentner aus Dortmund, der uns im Bus mit den gelben Beeren geholfen hatte, zu einer kleinen Schnapsverkostung ein.

An den Wänden des Speisesaals in Haikkos Gutshof

Helsinki

hingen alte Fotos mit schnurrbärtigen Russen, die uns zuzwinkerten. Der Speisesaal hieß auch ganz pompös Romanoff-Saal. Nach der Großen Oktoberrevolution und der Verhaftung des Zaren hatte dessen Sippe fliehen müssen. Damit die Bolschewiken sie nicht fanden, verteilten sie sich auf zwei Flüchtlingsrouten. Einige Onkel und Tanten flüchteten auf die Krim und von dort rüber in die Türkei, später landeten sie auf Umwegen in Frankreich. Bis heute sind ihre Nachkommen aktiv, mischen sich überall ein und beanspruchen die russische Krone.

Andere Onkel und Tanten wanderten nach Finnland aus, fanden hier eine Unterkunft, besuchten oft den Gasthof Haikko und versanken wahrscheinlich völlig in dem hiesigen Lakritzschnaps. Ihre Nachkommen beanspruchen nicht die russische Krone, dafür dürfen sie ohne Angelschein angeln, solange sie noch nicht 18 Jahre alt sind.

»Prost!«, riefen uns die Romanoffs auf den alten Fotos zu. »Das Leben wird uns nur einmal gegeben, also vertut eure Zeit nicht mit sinnlosem Getümmel um Macht und Geld. Geht lieber angeln, zählt die Wolken und freut euch über diese wunderschöne Welt.«

Wir nahmen noch einen Schnaps. Die anderen Kreuzfahrer schielten neidisch in unsere Richtung. Die Landschaft hinter dem Fenster ließ bei mir Kindheitserinnerungen aufsteigen. »Hey, das ist ja hier wie in Russland!«, lallte ich und brach damit das letzte Tabu für Finnlandbesucher.

Die Ostseereise

Der finnische Kellner, der uns bediente, wurde rot vor Zorn. Den dritten Schnaps ließen wir sein, die Preise für Alkohol auf dem Gutshof Haikko waren derart üppig, dass jedes Besäufnis russischer Art ausgeschlossen war.

»Wo ist nur mein Wasser aus Indien?«, seufzte mein Mittrinker, der mutige Rentner aus Dortmund.

»Eh? Was soll das denn sein?«, fragte ich ihn.

In seiner Kindheit habe es in Dortmund einen bekannten Clown und Fakir gegeben, Kukuschek, erzählte der Rentner. Er hatte eine großartige Nummer drauf. Er ging mit einer Wasserkaraffe durch die Zuschauerreihen und rief: »Wasser aus Indien, Zauberwasser aus Indien!« Jeder durfte bei ihm ein Getränk seiner Wahl bestellen, ob Bier, Schnaps oder Wein, er bekam das Gewünschte sofort aus derselben Karaffe eingeschenkt! Einmal bestellte ein Gourmet »Berliner Weiße«. Der Clown goss ihm die grüne Flüssigkeit aus der Karaffe ins Glas, holte plötzlich eine Pistole und knallte in die Luft – »weil mit Schuss!«, sagte er.

Jahr für Jahr lief Clown Kukuschek mit seiner Zauberkaraffe herum und machte wie Jesus alle Durstigen mit einem Getränk ihrer Wahl glücklich, bis er irgendwann tot umfiel. Er war auch schon sehr alt. Das Geheimnis seines Tricks hat er niemandem verraten. Nach seinem Tod schnappten sich die Enkel des Clowns die Zauberkaraffe und hofften auf ein großes Geschäft. Doch egal, was sie versuchten, aus der Karaffe kam immer nur Wasser. »Kukuschek hat sein

Stockholm

Geheimnis mit ins Grab genommen«, beendete der Rentner seine Geschichte.

Man kann über finnische Schnäpse lästern, wie man will, aber als Schlafmittel sind sie unschlagbar. Auf dem Weg zum Schiff nickte ich im Bus ein. Ich träumte vom Clown Kukuschek und seiner Karaffe. In meinem Traum saß er mit den Romanoffs zusammen auf einer Wolke, und sie verkosteten sein »Wasser aus Indien« diesmal in Form von Lakritzschnaps.

»Und? Gut?«, fragte der Clown die Romanoffs.

»Sehr gut«, sagten die Onkel des Zaren und zwirbelten ihre Schnurrbärte.

Stockholm

Die Hauptgefahr auf einem Kreuzfahrtschiff ist nicht, dass es in einen Sturm gerät, umkippt oder zu wenig Alkohol für die Partys an Deck geladen hat. Die Hauptgefahr besteht darin, dass sich die Gäste in die Haare kriegen oder die stets gut gelaunte Mannschaft plötzlich Heimweh bekommt.

Von außen sieht ein AIDA-Schiff sehr groß aus. Wenn man aber überlegt, dass in seinem Inneren über dreitausend zum Großteil dauerhaft alkoholisierte Gäste mit Stimmungsschwankungen und eine fünfhundert Mann starke internationale Mannschaft mitfahren und die verschiedensten

Die Ostseereise

Kulturen aufeinanderprallen, dann kann so ein Schiff schnell zum Pulverfass werden. Deswegen sind die Unterhaltungsmanager so wichtig. Es gelingt ihnen, ihre Gäste beinahe im Minutentakt zu beschäftigen. In fröhlicher Eile rennen die Menschen vom Sushi-Workshop zum Bingo-Spiel, weiter in die Sauna zum beliebten Cuba-Libre-Aufguss um sechs nach sechs, dann schnell abtrocknen und zum Abendessen. Während die letzten Kreuzfahrer noch die Käsetheke zum Dessert plündern, steigt draußen an Deck schon die Black-and-White-Party.

Auch die Mannschaft des Schiffes muss ständig zum Training. Sie wird regelmäßig daraufhin überprüft, ob bei ihnen noch alle Tassen im Schrank stimmen. Sie müssen Fragebögen ausfüllen, in denen sie zu ihren Gefühlen und Sorgen befragt werden:

»Sind Ihnen schon einmal Gedanken durch den Kopf gegangen wie:

    a. Die Leute finden mich seltsam

    b. Ich kann kein Wasser mehr sehen

    c. Wir sind zu teuer.

Die meisten beantworten alle Fragen mit Nein und gehen mit ruhigem Gewissen weiter ihrer Arbeit nach. Was mit denjenigen passiert, die bei einer Frage »Ja« ankreuzen, weiß ich nicht. Die Mitarbeiter werden darin geschult, Augenkontakt mit dem Gast zu suchen. Wahrscheinlich sind sie deswegen auf vielen Abendpartys willkommen. Wenn

Stockholm

sie gerade nichts zu tun haben, feiern sie gemeinsam mit den Touristen.

Nach unserem finnischen Abenteuer hätte ich beinahe die schwedische Hauptstadt verpasst. Ein Freund meines Vaters, ein russischer Kapitän, der im vorigen Jahrhundert die ganze Welt bereist hatte, während wir nichts ahnend hinter dem Eisernen Vorhang Pelmenis kochten, konnte das Wesen eines Landes in einem knackigen Satz zusammenfassen. Zu jedem Land hatte er eine felsenfeste Meinung, die er gerne mit uns teilte. Über Schweden meinte der Kapitän: »Tolle Frauen, blond, mit großem Busen. Aber kalt.«

Wir waren damals dem Kapitän dankbar, dessen Informationen unsere schwachen Weltkenntnisse bereicherten. Was wusste man früher in der Sowjetunion schon über Schweden? Außer Karlsson, der auf dem Dach wohnte, und Pippi Langstrumpf kannte man höchstens noch den »schwedischen Tisch«: eine Art Zaubertisch, auf dem das Essen nie weniger wurde. Außerdem kursierten im Volk viele Witze über schwedischen Gruppensex, bei dem es stets um Partnertausch zwischen zwei Pärchen ging. Die Band ABBA lieferte dazu eine passende Illustration.

Von schwedischen Busen hatten wir keine Ahnung, dafür sorgte ein schwedischer Hintern einmal für die Erotisierung der sowjetischen Gesellschaft: Der Musikfilm *ABBA* lief Anfang der Achtzigerjahre in den Kinos meiner Heimat.

Darin zeigte die blonde Sängerin nach ungefähr einer halben Stunde, als die wichtigsten Lieder über »Money« und Ähnliches schon gesungen waren, ihren Hintern – den ersten nackten Hintern auf der großen Leinwand des sowjetischen Kinos. Dieser Hintern blähte die Segel der Hoffnung auf eine Demokratisierung des Landes mit frischem Wind. Die Zuschauer spürten, wie sich die Sowjetunion langsam dem Westen öffnete, und warteten gespannt auf die Fortsetzung – auf einen Busen vielleicht. Der kam aber nicht. Der erste Busen kam erst fünf Jahre später auf die Leinwand, in einem Heimatfilm aus dem Ural: »Die kleine Vera«.

Unsere Vorstellungen von Schweden waren also im Grunde von dem ABBA-Film geprägt, den ich mit Freunden mehrmals gesehen hatte: Es war das Land der bärtigen Männer und gut gebauten Frauen, die wahrscheinlich in tollen Holzhütten am Wald lebten, tagsüber Holz fällten, Rehe fütterten, sich abends betranken und lustige Lieder sangen. Danach sollen sich alle zerstritten haben und sind auseinandergegangen. Eine Beziehungsgeschichte ohne Happy End also. Deswegen haben Olga und ich auch auf den Ausflug zum ABBA-Museum verzichtet. Wir beschlossen, einmal richtig auszuschlafen und dann ganz gemütlich auf eigene Faust durch Stockholm zu spazieren. Aber das war leichter gesagt als getan. Schweden sind unglaublich sportlich, kaum einer von ihnen geht lasch zu Fuß, sehr viele joggen, noch mehr fahren Fahrrad, und selbst wenn die Schweden auf

Stockholm

einer Bank sitzen, sehen sie aus, als würden sie eine Yoga-Übung machen, um ihre Sitztechnik zu verbessern.

Von unserem Liegeplatz bis zur autofreien Altstadt waren es drei Kilometer, der Weg führte um eine große Baustelle herum. Gefühlt war halb Stockholm an uns vorbeigejoggt, bis wir das Zentrum erreichten. Dort schien nur das touristische Leben zu funktionieren: Ein Souvenirshop jagte den nächsten: Plüschtiere und Holztrolle aus China, Pelzprodukte und Billigschmuck – mit einem Wort: Die autofreie Altstadt war tot. Die Tourismusbranche hatte sie erfolgreich verdaut und ausgespuckt. Wir wollten uns aus der Geiselhaft der Souvenirshops befreien, gingen zu der autovollen Stadt und kauften uns unterwegs zwei Reiseführer, einen deutschen und einen russischen. Eigentlich war es der gleiche Reiseführer, er hieß *Stockholm: Risse im Eispanzer*. Bloß hatte der russische Übersetzer sicher mehr Spaß an der Arbeit gehabt als sein deutscher Kollege. Beim Vergleich der anscheinend identischen Texte mussten wir lachen:

»Die Schweden sind gar nicht so kühl wie ihr Ruf. Vergessen Sie Ingmar Bergman und die aus dem Kontext gerissenen Selbstmordstatistiken. Sie werden sehen: Das Eis schmilzt!«, stand in der deutschen Ausgabe.

»Trauen Sie Ihren Augen nicht! Der kalte Schwede lebt, trotz Ingmar Bergman und den aus dem Kontext gerissenen Selbstmordstatistiken – obwohl sein Eis schmilzt«, schrieb der Russe.

Die Ostseereise

»Sollte Ihnen aber ein mürrischer Schwede über den Weg laufen, sprechen Sie mit ihm, und schon taut er auf«, riet der Deutsche.

»Sprechen Sie ihn an, und schon haut er ab«, klärte der Russe auf.

Und so ging es bis zum Schluss weiter.

Je mehr wir uns von der touristischen Altstadt entfernten, desto grotesker kam uns die Stadt vor. Stockholm erinnerte uns eindeutig an die Sowjetunion: Die Architektur, die Selbstbedienung in jeder Kneipe, die Abwesenheit von Alkohol in den Läden und riesengroße Büstenhalter in den Schaufenstern – alles gemahnte uns an unsere Heimat.

In einer Konditorei bestellte meine Frau Tee. Die Verkäuferin hinter dem Tresen zeigte ihr, wie man Wasser kochte, wo die Tassen standen und wo die Teebeutel lagen – und nahm dafür lediglich dreißig Kronen. Olga war begeistert. Es war ein verbesserter, sauber gefegter und real existierender Sozialismus, den die Schweden selbst für Protestantismus hielten: Keiner war besser als der andere, ungesundes Leben wurde verachtet, Bescheidenheit und Fleiß wurden als große Tugenden gepriesen. Alles Weitere waren bloß Vorurteile und Klischees, die immer falsch waren. Nur das mit dem Busen stimmte.

Dafür wurden die Schweden von allen anderen skandinavischen Ländern geachtet und gleichzeitig aufs Korn genommen. Die Beziehungen zwischen den verschiedenen Ländern

Stockholm

Skandinaviens sind alles andere als einfach: Die Schweden halten zum Beispiel die Dänen für zu prollig und laut, sie reden ihnen zu viel und unterbrechen ihre Gesprächspartner, was in Schweden einer Todsünde gleichkommt. Die Dänen ihrerseits sagen, die Schweden seien bloß Deutsche, die sich als Menschen verkleidet hätten. Die Finnen werden von allen Nachbarländern als Russen abgestempelt, weil sie so viel trinken und rauchen. Und die Norweger gelten wegen ihres vielen Erdöls als die Araber des Nordens.

Im Souvenirshop vor unserer AIDA-Anlegestelle standen große, leicht bekleidete schwedische Verkäuferinnen zwischen den Regalen mit Pelzprodukten und lächelten uns an. Ihre blonden Locken flatterten in der kühlen Brise.

»Siehst du, Ulrich«, sagte ein Kreuzfahrer zu seinem Kind und zeigte auf die Frauen. »Die sind alle echt. Ist das nicht toll?«

Das Kind machte große Augen und nickte.

Abends auf dem Schiff blieben die Kreuzfahrer und die Mannschaft etwas länger wach als sonst. Die Reise neigte sich ihrem Ende zu. Wir hatten keine Städte mehr vor uns, nur einige Seetage blieben uns noch auf dem Weg nach Hause. Unbekannte Menschen stießen miteinander an und schauten einander in die Augen.

»Auf die letzten Tage!«

»Auf die letzten Tage, jawohl!«

KAPITEL 4

Die Karibikkreuzfahrt

Punta Cana – Aruba – Curaçao –
Bonaire – Grenada – Barbados –
St. Lucia – Guadeloupe – Antigua

Im Herbst hatten wir ein Forum zur russischen Opposition in Berlin, ich leitete dort das Panel »Kunst und Politik«. Wir wollten gemeinsam herausfinden, wie stark politische Kunst auf den Wandel der Gesellschaft Einfluss nehmen konnte. Die Russen beschwerten sich, früher sei es in der Sowjetunion in der Beziehung zwischen Staat und Künstlern um Zensur gegangen. Es wären rote Linien für die Künstler gezogen und ihnen erklärt worden, was sie durften und was nicht. In der Planwirtschaft des Sozialismus wurden auch die Rechte der Künstler genau abgewogen. Für ein Kilo Loyalität zum Regime konnte man hundert Gramm Freiheit in der Arbeit erwerben. Heute werde nicht mehr zensiert, es würden aber auch keine Freiheiten mehr geduldet. Wer nicht für Agitation und Propaganda des Regimes tätig sein möchte, wird aus dem Land gemobbt oder landet im Knast.

Man wollte wissen, wie Kulturpolitik in Deutschland funktionierte. »Es hat hier alles seine Ordnung«, erklärte ich. »Das ganze Land hier funktioniert wie ein Ordnungsamt.« Doch meine Erklärung blieb unvollständig, sie scheiterte an der Übersetzung. Vergeblich versuchte ich, für das einfache

Die Karibikkreuzfahrt

Wort »Ordnungsamt« eine Entsprechung im Russischen zu finden. Es ging nicht. Die Sprache wehrte sich. Für die einzelnen Teile des Wortes, für die »Ordnung« und das »Amt«, konnte ich leicht eine Entsprechung finden, doch zusammengesetzt ergaben sie in der russischen Variante nur etwas Lächerliches, eine Kuriosität.

Deutschland ist aber ohne Ordnungsamt nicht zu erklären. Es regelt die Bürger, die Straßen, die Haustiere und die Hausfassaden. Ich glaube sogar, das Ordnungsamt ist in Deutschland auch für die Jahreszeiten zuständig. Eine seiner wichtigsten Aufgaben ist die Bekämpfung des Herbstes. Der Herbst ist in Deutschland die schönste Jahreszeit, bringt allerdings die Hausordnung des Landes durcheinander. In einem Land, in dem alle Dinge ihren festgeschriebenen Platz haben und wissen, wo sie hingehören – die Radfahrer auf den Radweg, das grüne Glas in die gelbe Tonne, Angela Merkel ins Kanzleramt –, dort sollen die Blätter an den Bäumen hängen und die Wolken am Himmel schweben. Der Herbst bringt diese Ordnung durcheinander. Wolken sind oft in den Pfützen zu finden, Blätter machen sich von den Bäumen los und fliegen ohne Ziel hin und her durch die Luft. Kinder spielen mit ihnen und versuchen, die fliegenden Blätter zu fangen, bevor sie auf der Erde landen. Sie glauben, für jedes gerettete Blatt hätten sie einen Wunsch frei. Die meisten Wünsche bleiben aber unerfüllt, sie landen auf dem Asphalt und werden zu Matsch.

Die Karibikkreuzfahrt

Das kann das deutsche Ordnungsamt nicht auf sich sitzen lassen, dass Blätter einfach so, ohne bestimmte Reihenfolge, überall herumliegen. Also schickt das Amt mit Kopfhörern und Laubbläsern bewaffnete Erwachsene auf die Straße, wo sie unter höllischem Lärm versuchen, die Blätter wieder auf die Bäume zu pusten. Ihr Kampf ist aussichtslos. Die Blätter wollen nicht an die Bäume zurück, sie wirbeln nur um die Laubbläsersoldaten hoch. Trotzdem gibt das Ordnungsamt nicht auf. Irgendwann rücken sie auch noch mit Pfützensaugern an, damit die Wolken aus den Pfützen gesogen und zurück an den Himmel gebracht werden können.

Der Herbst ist ein würdiger Gegner, er löst alles auf. Auch die Menschen lösen sich auf. In der Regel besteht jeder Einzelne von uns aus zweien: aus einem inneren und einem äußeren Menschen. Im Winter, Frühling und Sommer sind sie gut zusammengewachsen, keine Nadel passt zwischen sie. Ob Skilaufen oder Bootfahren, der äußere macht alles mit, was der innere will. Im Herbst aber kriecht die Feuchtigkeit in den Körper, und schon entsteht ein Spalt zwischen den beiden.

»Lass uns joggen gehen«, sagt der innere Mensch.

»Meine Güte, lass das bitte«, jammert der äußere. »Es kann jede Minute zu regnen anfangen. Und wo willst du schon laufen im nassen Laub. Lass uns lieber früher schlafen gehen«, schlägt der äußere vor.

Der innere gibt nicht auf. Er sucht nach seinen Laufsocken, doch der äußere sucht nicht mit.

Die Karibikkreuzfahrt

Nach dem Forum der russischen Opposition kam meine Mutter mit der brillanten Idee, in den Wald zu gehen, um Pilze zu sammeln.

»Ihr seid so oft ohne mich im Wald gewesen. Ich möchte auch einmal durch den Wald spazieren«, meinte sie.

»Nie im Leben«, sagte mein innerer Mensch.

»Natürlich gern, Mama«, meinte der äußere. »Wir können mit dem Auto nach Birkenwerder fahren, da kenne ich einen guten Parkplatz im Wald. Wir lassen das Auto stehen und gehen Pilze suchen.«

Es gestaltete sich dann aber schwieriger als gedacht. Für zwei Nordic-Walking-Stöcke, ein Messer und einen Korb hatte meine Mutter nur zwei Hände zur Verfügung. Einige Pilze gab es noch, aber es waren nicht mehr viele, und man merkte ihnen an, dass sie schon sehr lange auf jemanden warteten, der sie mitnahm. Sie hatten inzwischen viel Regenwasser abbekommen und wuchsen an schwer erreichbaren Orten unter den Bäumen. Man musste sich tief beugen, um sie zu pflücken. Meine Mutter gab mir das Messer und den Korb und sammelte mit den Nordic-Walking-Stöcken.

»Da ist einer!« Sie zeigte mit dem Stock auf einen Pilz unter einer Tanne. Ich schnitt Mamas Pilz ab und legte ihn in den Korb. »Da, da und da!«, zeigte Mama auf weitere Pilze, die ich sorgfältig für sie einsammelte. Nach einer Stunde Pilze sammeln waren wir beide fix und fertig, die Mama gar außer Atem.

Punta Cana und das Party Animal

»Das können wir gerne wiederholen«, meinte sie. »Nichts ist schöner, als im Spätherbst die letzten Pilze zu sammeln.«

»Ich kann nicht, Mama, ich bin ab Montag nicht da. Wir gehen nämlich auf eine Kreuzfahrt.«

»Nicht schon wieder«, ärgerte sich meine Mutter. »Was habt ihr nur immer mit diesen Kreuzfahrten! Das sind doch Futterschiffe für faule Touristen.«

Ich schwieg. Ich wollte meiner Mutter gegenüber nicht zugeben, dass die beste Möglichkeit, dem Alltag und dem Ordnungsamt zu entfliehen, die Kreuzfahrt war.

Punta Cana und das Party Animal

Der karibische Regen ist mit dem europäischen nicht zu vergleichen. Während der deutsche Regengott seine Wolken mit Rücksicht auf die unter ihm stehenden Bürgerinnen und Bürger nur zaghaft auswringt und in angemessenem Abstand am Himmel zum Trocknen aufhängt, haut sein karibischer Kollege mit voller Wucht auf die Wolken, er wringt sie mit einer Bewegung aus – schwupp und fertig. Unten, wo eben noch Menschen standen und Autos fuhren, entsteht eine große Pfütze.

Uns erwischte das Unwetter bereits auf dem Schiff während der obligatorischen Seenotrettungsübung, als alle zweitausend Passagiere draußen an Deck, in Schwimmwesten eingemottet,

Die Karibikkreuzfahrt

von Sicherheitsoffizieren in Reihe und Glied aufgestellt wurden. Das Schiff ging nicht unter, doch die Passagiere wurden in Sekundenschnelle klitschnass, durften aber bis zur Beendigung der Übung noch nicht in die Kabinen zurück.

»Verdammter Klimawandel«, fluchten die Kreuzfahrer. »Daran ist nur Trump schuld. Nirgends ist im November mehr anständiges Wetter zu finden! Wie haben wir uns auf Sonne gefreut, und jetzt das!«

»Ich gebe Ihnen einen Geheimtipp, junger Mann«, flüsterte mir der kleine Rentner im rosaroten Hemd zu: »Brasilien! In Brasilien ist die Welt noch in Ordnung!«

Seine Frau, ebenfalls in Rosa gekleidet, und er waren bereits eine Woche lang in der Dominikanischen Republik herumgereist. Sie hatten das ganze Land durchquert, und überall hatte es geregnet. Einmal waren sie samt Auto vom Wind beinahe von der Landstraße gefegt worden. »Aber trotzdem ist das hier besser als zu Hause in Cottbus. Da hatten wir nachts schon fünf Grad minus!«, beklagte sich der Rosarote.

Meiner Frau und mir ging die Seenotrettungsübung völlig gegen den Strich. Wir konnten es nicht abwarten, die verdammten Westen wieder abzulegen. Den ganzen Tag waren wir unterwegs gewesen: am frühen Morgen von Berlin nach Paris geflogen, von dort mit der Air France weitere zehn Stunden Flug bis Punta Cana. Dort verlangten Menschen in bunten Uniformen zwanzig Dollar von uns dafür, dass wir ihre Dominikanische Republik betreten durften.

Punta Cana und das Party Animal

Um 19.00 Uhr war es in Punta Cana so dunkel wie in einem Blindenrestaurant. Der karibische Gott hatte Waschtag. Aus der Dunkelheit schrien uns Taxifahrer an, sie wollten 120 Dollar für den Transport zum Hafen nach La Romana, wo unser Schiff lag. Wir verhandelten zäh und kamen auf 110. Ein festlich gekleideter Taxifahrer in weißem Hemd brachte uns zu seinem Minibus, nahm die Vorauszahlung und verschwand in der karibischen Nacht. Eine Weile später kam ein anderer Fahrer und wunderte sich, dass wir in seinem Auto saßen. All unsere Versuche, mithilfe des Google-Übersetzers die Situation aufzuklären, scheiterten. Aus früheren Erfahrungen mit diesem Computerprogramm wusste ich, auf Google ist kein Verlass. Es kann bestimmte Sätze sehr gut übersetzen, zum Beispiel »Guten Abend, Amigo, wie geht's?«. Aber den etwas längeren Satz »Guten Abend, Amigo, wie geht's? Ein anderer Amigo hat uns ohne deine Erlaubnis in dein Auto gesetzt und ist mit der Vorauszahlung in die dunkle Nacht verschwunden« – da fehlt es dem Programm noch ein wenig an menschlicher Kreativität.

Ich glaube, alle Taxifahrer in Punta Cana sind miteinander verwandt oder zumindest gut befreundet. Unser neuer Fahrer überlegte kurz und kam von allein darauf, was passiert war. Er fand problemlos in der Dunkelheit den alten Fahrer, der aber keine Lust mehr zum Fahren hatte. Zusammen machten sie einen dritten Fahrer ausfindig, der in La Romana wohnte und sowieso in die Richtung musste. Er

Die Karibikkreuzfahrt

nahm uns mit. Der neue Fahrer war bestens über alle Termine unseres Schiffes informiert und bot uns auf Englisch an, sein Taxi gleich für die Rückfahrt zu buchen. Wir sollten uns mit Namen und Telefonnummer in seine Liste eintragen. Das hätten schon einige von unserem Schiff getan, meinte der Fahrer. Auf dem Zettel stand »Siegfried«, gefolgt von einer deutschen Telefonnummer. In der dunklen karibischen Nacht, tausend Kilometer von zu Hause entfernt in einem kaputten Minibus einen Gruß aus der Heimat zu entdecken, von einem Witzbold, der sich Siegfried nannte – haha, wie lustig, dachten wir. Und doch wurde uns warm ums Herz. Ich nahm den Kugelschreiber und schrieb »Brünhild« daneben, mit meiner Telefonnummer.

Auf dem Schiff angekommen wollten wir sofort an die Bar, um ein Begrüßungsgetränk zu uns zu nehmen oder zwei, gerieten aber stattdessen als Erstes in die Seenotrettungsübung. Wir hatten noch keine Kabine bekommen, steckten in den nassen Winterklamotten, waren nach dem langen Flug zermürbt und hatten den ganzen Tag außer Weißwein noch nichts gegessen. Aber Widerstand war vergeblich. Diese Übung war so heilig wie Weihnachten, niemand durfte sich der Zeremonie entziehen. Sicherheitsoffiziere sind abergläubische Menschen. Sollte einmal ein Kreuzfahrer die Übung verpassen, werde das Schiff untergehen, glauben sie. Also zogen wir die Westen über die Winterklamotten an und warteten mürrisch, wann der Spuk vorbei wäre. Eine Ansage

Punta Cana und das Party Animal

dröhnte übers Deck: Wir sollten uns vollkommen entspannen, als wäre nichts auf dieser Welt von Bedeutung, alles egal, außer dem Generalalarm – sieben kurze Töne und ein langer Ton. Dann müssten wir wahrscheinlich über Bord springen. Aber nach dem Signal war die Übung endlich zu Ende.

Das Empfangsgetränk wurde an Deck serviert, und die Entertainmentbrigade gab sich große Mühe, die auf mehrere Tische verteilten 2500 Gläser mit Sekt zu füllen – rot, weiß und Rosé. Die Kreuzfahrer nahmen schon einmal Anlauf zu einem kurzen Sprint an die Tische, während der erste Unterhaltungsoffizier eine kurze Rede hielt: »Urlaub ist die schönste Zeit des Jahres!«, rief er ins Mikrofon. »Wir haben alle lange davon geträumt! Jetzt ist es amtlich: Ab 21 Uhr 58 ist Urlaaaub!«

»Er sollte vielleicht nicht so laut schreien«, meinte meine Frau. Und tatsächlich, der Mensch denkt, und Gott lenkt. Um 21 Uhr 59 spülte die himmlische Wäscherei eine Extraportion Regenwasser herunter, wischte den ganzen Sekt aus den Gläsern und die Passagiere vom Pooldeck. Der Platz vor der Bühne leerte sich, es gab ja nur Regenwasser zu trinken. Aus den Lautsprechern tönten die Schlagerhits der Saison, optimistische Lieder mit Reisethematik: »Heute fährt die 18 bis nach Istanbul« und »Highway to Hell«.

»Wir verschieben unsere Begrüßung auf morgen und lassen uns vom Wetter nicht die gute Laune verderben!«

»Da hab'n wir wieder mal Glück gehabt«, sangen Die

Die Karibikkreuzfahrt

Schwarzwälder Kirschtorten. Niemand tanzte im Regen, nur eine Tante mit langen roten Haaren blieb unter dem himmlischen Wasserstrahl. Auf ihrem T-Shirt stand in großen Lettern »Party Animal«.

»Beate, komm, wir sind beim Fahrstuhl, lass uns essen gehen«, rief ihr jemand von der Türe aus zu. Doch Beate bewegte sich nicht von der Stelle. Sie starrte wie gebannt in den schwarzen, weinenden Himmel.

»Das sollen Ausläufer des Hurrikans Katrina gewesen sein«, klärte mich der rosarote Rentner Horst aus Cottbus auf. Seine Frau Elke und ihn hatten wir bei der Seenotrettungsübung kennengelernt und beschlossen, gleich beim Abendessen einen runden Tisch zu gründen mit dem Schwerpunkt Berlin-Brandenburg. »Die Wetterprognosen sind unsicher geworden«, fuhr Horst fort. »Früher konnte man anhand weniger Zahlen das Wetter für die nächsten Tage vorhersagen, heute mischen sich immer neue Faktoren in die Voraussage ein. Die Arbeitsintensität der Raffinerien und Ölbohrungen wirkt sich auf das Wetter aus, die Intensität wiederum hängt vom Ölpreis ab, der zu einem Politikum geworden ist. Also bestimmt im Großen und Ganzen die Weltpolitik das Wetter. Und weil die Politik mit den Problemen der Menschen überfordert ist, fliegen ständig die Cocktails über Bord«, meinte Horst.

Kurz vor Aruba nahm der Wind noch zu. Er riss den Rauchern ihre Zigarillos aus dem Mund, volle Plastikgläser

Punta Cana und das Party Animal

verwandelten sich in Flugobjekte, starteten wie Raketen von den Tischen, drehten sich in der Luft und bescherten uns einen süßen Cuba-Libre-Regen.

Die Brandenburger Runde wuchs wie von allein. Wir lernten Beate und ihren Mann Siegfried aus Oranienburg kennen, mit dem wir uns im Bus knapp verpasst hatten, dazu Hubert und Birgit aus Panketal sowie Holger und Carola aus Heidelberg, die früher ebenfalls in Brandenburg gelebt hatten, bevor sie aus wirtschaftlichen Gründen in den Westen fliehen mussten.

Im Reisekatalog der Schiffsgesellschaft standen unter der Rubrik »Unvergessliche Reise in die Karibik« zehn Inseln auf dem Programm, in Wahrheit blieben aber nur acht davon übrig. Durch die Hurrikans waren wohl zwei Inseln untergegangen oder mit großen Schiffen nicht mehr zu erreichen. Das hat uns wenig Sorgen bereitet, es war doch egal, wo man am Strand lag. Nur Siegfried regte sich auf: »Mir wurde mein einziger Ausflug geklaut«, behauptete er. Von zu Hause aus hatte er für € 79.90 den Ausflug »Die Sehenswürdigkeiten von Dominica, dem karibischen Paradies« gebucht. Nun, wo es Dominica angeblich nicht mehr gab und wir stattdessen zwei Tage auf Barbados verbringen sollten, hatte er vom Reisecounter Ersatz angeboten bekommen: »Die Sehenswürdigkeiten von Barbados, dem karibischen Paradies«.

»Reg dich nicht auf«, meinten die anderen Brandenburger. »Man darf keine zu großen Erwartungen an die Welt haben, dann wird man auch nicht enttäuscht«, meinte Horst philosophisch. Und, Hand aufs Herz, so stark unterschieden sich die Inseln hier nicht voneinander. Überall Palmen und Strand. Alle Paradiese dieser Erde glichen einander, nur die Höllen waren verschieden.

Leguane auf Aruba

Die Insel Aruba konnte nicht mit Sehenswürdigkeiten punkten, auch große historische Ereignisse oder tolle Museen hatte die Insel nicht zu bieten. Dafür sei sie »wunderbar zum Essen, Baden und Einkaufen geeignet«, stand im Reiseprospekt. Die Insel war schon immer ein Magnet für amerikanische Touristen gewesen, die zum Baden, Essen und Einkaufen hierherkamen. In ihrer Freizeit suchten sie dann nach Öl und anderen Bodenschätzen. Wegen der nahe gelegenen Ölfelder von Venezuela hofften sie, auch auf Aruba Öl zu finden, und hatten schon einmal eine Raffinerie gebaut. Das Öl war auch da, aber es zu fördern war nicht billig. Immer wieder, wenn die Ölpreise fielen, stellte die Insel die Ölförderung ein und konzentrierte sich auf die Touristen. Stieg der Ölpreis, wurde weitergepumpt.

Meine Frau las im Prospekt, Aruba sei noch immer Teil des holländischen Königreiches. Und Holland war doch in der EU, oder? Also musste auch Aruba in der EU sein und

Leguane auf Aruba

ihre Bewohner »karibische Niederländer« heißen. Wir waren schon hundert Mal in Holland gewesen und hatten die Niederländer als ruhige, selbstsichere Menschen in Erinnerung. Die karibischen Niederländer machten jedoch keinen entspannten Eindruck. Sie waren voll im Verkaufsrausch: Taxifahrten, Kakteen, Kokosnüsse, Aloe-vera-Extrakte, und auch das Wunder der nationalen arubischen Küche, »Schweinshaxe in Kokosmilch geschmort«, wollten sie uns andrehen, am besten alles zusammen im Paket und zum Sonderpreis.

In seinem Inneren erinnerte uns Aruba an ein in die Jahre gekommenes Disneyland, dessen einstige Besucher erwachsen geworden und weggefahren waren. Der Chef meldete Insolvenz an, das Personal war zum großen Teil auch schon abgehauen, und die wenigen, die geblieben waren, saßen neben verrosteten Schaukeln und geschlossenen Hotelanlagen, qualmten dicke Zigarren und schauten verträumt zum Horizont, als würden sie auf ein Schiff warten, das sie aus ihrem Disneyland wegbrachte.

Die Einzigen, die sich hier heimisch und wohlfühlten, waren die Leguane. Dutzende von ihnen liefen uns ohne Scheu über den Weg. Meine Frau Olga, die Katzen und Eidechsen über alle anderen Tiere schätzt, lief ihnen mit dem Fotoapparat hinterher.

»Seid ihr Niederländer?«, fragte sie die Leguane, die energisch mit ihren Bärtchen nickten. »Fühlt ihr euch hier vom Kapitalismus bedrängt?« Wieder nickten die Leguane.

Die Karibikkreuzfahrt

»Wollt ihr die Insel für euch allein haben?« Die Niederländer nickten noch enthusiastischer. »Sollen wir zusammen eine Revolte anzetteln und all diese verrosteten Autos und Ölbohrer verjagen?«, fragte meine Frau weiter.

Inzwischen hatten sich etliche Vierbeiner, Fische und Vögel um Olga versammelt: Pelikane und Möwen, Leguane in allen Farben und Größen, kleine schwarze mit langen Beinen, graue und grüne, sie alle hörten aufmerksam zu und zeigten sich bereit, die Insel sofort in Eigenregie zu übernehmen. Meine Frau fühlte, dass sie den Tieren möglicherweise zu viel versprochen hatte. »Na ja«, fasste Olga diplomatisch zusammen, »mal sehen, was sich da machen lässt.«

Wir kauften ein paar Kekse für die Vögel und gingen zurück zum Schiff. Die Sonne ging hier schon um halb sechs unter. Die Niederländer schauten uns vorwurfsvoll hinterher.

Die blauen Fische von Curaçao

Siegfried saß mit einem großen Bier an der Poolbar und las uns laut die wichtigsten Informationen über die Insel Curaçao vor. Das kleine Stück Land hatte eine abwechslungsreiche Geschichte. Zuerst waren die friedlichen Indianer von unfriedlichen Indianern vertrieben worden, die wiederum von den Spaniern verjagt wurden, woraufhin die Spanier von den Holländern verdroschen wurden, die Holländer danach

Die blauen Fische von Curaçao

von den Briten und diese von den Franzosen. Anschließend wurden die Franzosen wieder von den Spaniern verjagt, die wenig später den Holländern unterlagen.

»Ich frage mich, wo zum Teufel eigentlich die Deutschen die ganze Zeit waren«, fragte Siegfried pathetisch. »Wo haben sie gesteckt?«

»Sie saßen mit einem großen Bier am Pool und schauten zu, wie sich die anderen Völker abschlachteten«, erwiderten wir.

»Da hatten sie ja mal Glück gehabt, sich nicht eingemischt zu haben.«

Der erste Unterhaltungsoffizier Martin empfahl uns, in der Hauptstadt von Curaçao spazieren zu gehen. Die Inseln auf unserer weiteren Reise würden immer kleiner und unbedeutender, meinte er, ohne historischen Kontext, nur zum Schnorcheln gut, ein Häuflein Sand mit Palmen drauf. Willemstad dagegen sei das letzte Bollwerk der Zivilisation.

Wir gingen also in die Stadt, spazierten an unzähligen Souvenirläden vorbei und betrachteten das blau bemalte Porzellan. Alle Völker der Welt sind stolz auf ihr blau bemaltes Porzellan, und alle behaupten, nur sie allein könnten Porzellan so kunstvoll blau bemalen. In Deutschland heißt der Hauptort zur Produktion dieses Küchenschmucks Meißen, in Polen Bunzlau, in Russland Gschel. Meine Theorie ist, wenn ein Land der Welt gar nichts anzubieten hat, malt es sein Porzellan blau an. In Russland wurde diese Tradition durch die

Die Karibikkreuzfahrt

Revolution unterbrochen. Auf einmal bauten die Russen Raketen, flogen ins All und wollten die Welt verändern. Dabei kam jedoch nichts Gescheites zustande. Seitdem sitzen sie mit geradem Rücken, filzen Schneestiefel und bemalen Porzellan blau. Das klappt gut. Auf Curaçao schienen die Menschen erst am Anfang ihrer Porzellangeschichte zu stehen. Sie bemalten nur Tassen, während die Deutschen in Meißen inzwischen sämtliche Teller, Töpfe und Kaffeekannen, die Russen sogar Putins Zuckerdosen-Kopf aus Porzellan bemalten.

Die Volkskunst auf Curaçao wirkte angenehm anspruchslos. Bei diesem schwülen karibischen Wetter schien sowieso jede Tätigkeit, die eine Anstrengung verlangte, schnell zur Folter zu werden. Dementsprechend sahen die Baustellen der Insel aus. Als hätten die Spanier gleich nach der Eroberung der Insel 1499 die tolle Idee gehabt, hier eine moderne Infrastruktur aufzubauen mit Straßen, großen Häusern und vielem mehr. Sie begannen also zu buddeln. Ausgehend von dem großen Felsen, der am Ufer aus dem Meer ragte, schufteten sie bis Mittag, dann gingen sie in die Bar und kehrten nicht wieder zurück. Die großen Bauprojekte haben sie den Franzosen, Holländern und Briten überlassen. Doch auch die kamen nicht mehr aus der Mittagspause zurück.

Auch die Sehenswürdigkeiten dieses letzten Bollwerkes der karibischen Zivilisation waren übersichtlich. In der Stadtmauer steckte noch die Kanonenkugel, die von den Franzosen auf die Holländer abgeschossen worden war.

Die blauen Fische von Curaçao

Zwischen dem Prada Store und dem Louis-Vuitton-Shop stand ein Denkmal: Auf einem hohen Sockel stand ein kleiner Mann mit Brille und hielt ein Buch in der Hand. Der Gründer der hiesigen Demokratie lächelte freundlich der Sonne entgegen. Auf seinem Sockel waren die Freiheiten eingraviert, für die er gekämpft hatte. Ich beherrschte die Sprache nicht, aber ich ahnte, wovon die Rede war: von der Freiheit, in der knalligen Sonne unter Palmen zu liegen; von der Freiheit, jederzeit ins Wasser zu springen; von der Freiheit, bunte Fische zu füttern – die blauen und die gelben, die sich in Mengen am Ufer versammeln –; und von der Freiheit, Hähnchen zu grillen, bis sie schwarz waren, sie mit einer schweren Soße zu übergießen und dann mit einer großen Portion Reis aus einem Pappbecher zu schlürfen.

Sicher spielten auch die Arbeitsrechte hier eine Rolle, obwohl die Insulaner auf den ersten Blick Vollbeschäftigung hatten. Sie verkauften kaltes Wasser am Strand, kassierten drei Dollar fünfzig für eine Liege und einen Sonnenschirm und boten sogar anstrengende »very deep«-Rückenmassagen für amerikanische Touristen an, die so fett waren, dass sie nicht einmal eine Kokosnuss spüren würden, wenn sie ihnen auf den Rücken fiele. Der Gerechtigkeit halber muss hier gesagt werden, auch die Einheimischen auf Curaçao waren nicht von zartem Körperbau. Würden sie einem Amerikaner zu zweit auf den Rücken springen, würde der schon ein leichtes Kribbeln spüren.

Die Karibikkreuzfahrt

Auch unsere AIDA-Passagiere nahmen schneller zu als von der Küche geplant. Auf dem Schiff wurde drei Mal am Tag ein großes Büfett hergerichtet mit Dutzenden verschiedenen Gerichten, mit Fleisch und Fisch und Gemüse in allen Variationen, geschmort, gebraten und gekocht. Es wurde einem fast schon unheimlich zumute angesichts dieses Überflusses. Dessen Sinn bestand natürlich nicht darin, die Kreuzfahrer in eine wild ausufernde Fressorgie zu verwickeln, sondern ihnen die Freiheit zu geben, sich ein Gericht nach eigenem Geschmack auszusuchen. Der Schiffskoch war bestimmt nicht davon ausgegangen, dass die Kreuzfahrer sich von seinem Angebot herausgefordert fühlten und keine Ruhe fanden, bis sie nicht alles mindestens einmal probiert hatten. So aber wurde die gut gemeinte Geste des einen zum Leid des anderen. Bei jedem Gang durch die Restaurants sah ich Kreuzfahrer, die mit einem Teller in der Hand mitten im Raum standen und sich in Gedanken versunken nicht entscheiden konnten, wohin mit dem Ganzen.

Meiner Beobachtung nach waren die Kreuzfahrer ähnlich wie die Kreuzfahrtschiffe gebaut und bestanden aus zwei Teilen. Einem äußeren, der immer feierte und rannte, neugierig auf die Welt schaute und alles Neue sofort probieren wollte. Und einem inneren, der für die einwandfreie Funktion aller Organe zuständig war.

»Ich nehme nur das Lamm und den Seehecht. Und die

Die blauen Fische von Curaçao

Kartoffelpuffer mit Apfelmus nehme ich auch«, sagt der äußere Kreuzfahrer.

»Mach das nicht«, kontert sein innerer Teil. »Das passt nicht in den Laderaum. Außerdem hattest du schon Lamm. Und was soll das mit dem Apfelmus? Du magst doch gar nichts Süßes!«

»Apfelmus ist nicht süß, es tut nur so. Und woher willst du wissen, dass Lamm und Seehecht nicht zusammenpassen. Das werden wir ja sehen«, beharrt der äußere Kreuzfahrer.

»Das siehst du gleich, wenn ich dir auf die Sandalen kotze«, droht der innere seinem Freund.

Vergeblich. Vom Stress dieser endlosen Auseinandersetzung mürbe geworden, nimmt der äußere gleich fünf Kugeln Eis und ein Bier dazu.

»Ich muss euch nicht erzählen, dass wir auf Curaçao unbedingt den weltberühmten Curaçao-Likör probieren müssen«, verkündete abends der erste Unterhaltungsoffizier Martin. Die ganze Mannschaft stand in Reih und Glied an Deck und mixte blaue Cocktails. Ich kannte dieses Getränk von früher aus der DDR. Ich glaube, jeder Sowjetbürger, der in die DDR einreisen durfte, kam mit einer Flasche *Curaçao Blau* zurück. Für uns war das damals eine exotische Delikatesse. Es gab in unserem Sozialismus keine blauen Getränke und kein blaues Essen. Eigentlich war nichts in meiner Heimat blau, sogar der Himmel über Moskau war grau. Ich hatte jedoch keine guten Erinnerungen an den Likör und

Die Karibikkreuzfahrt

wollte ihn nicht probieren. Meine Frau, die gar keine süßen Getränke mag, blickte der Verkostung ebenfalls skeptisch entgegen. Doch unsere äußeren Kreuzfahrer haben großes Theater gemacht.

»Wir sind vielleicht nur einmal im Leben hier und müssen deswegen einmal im Leben Blue Curaçao trinken. Am besten gleich eine ganze Flasche! Jetzt schnell!«

Warum wir die ganze Flasche trinken mussten, konnte ich nicht mehr fragen. Kaum hatte ich Luft geholt, schon bekam ich zwei Cocktails in die Hand gedrückt.

»Auf die Fische! Auf die bunten Fische! Die blauen und die gelben! Sie sind die besten!«

Die Cocktails bestanden aus Kokosmilch, hochprozentigem Rum und der blauen Flüssigkeit, die für den Geschmack nicht ausschlaggebend war.

Am nächsten Morgen wachte ich mit dickem Kopf auf und konnte mich an die Einzelheiten des Abends nicht mehr erinnern. Meine Frau erzählte, sie habe mit Beate und Carola Salsa getanzt, und Hubert hätte mit der Kokosmilch die Fische füttern wollen. Siegfried hatte erwähnt, sie wollten für Borneo einen Ausflug zu den Orang-Utans buchen, das müssten ganz tolle Tiere sein. Und Holger meinte, das würde nicht klappen, weil Borneo – ein riesiges Stück Land im Südpazifik, so groß wie Grönland und mit Millionen Einwohnern – auf der anderen Seite des Globus läge. Wir hingegen fuhren nach Bonaire, einer kleinen Insel, wo keine

Die blauen Fische von Curaçao

Orang-Utans, sondern Flamingos lebten, Vögel, die auf einem Bein standen.

Es gab einen Ausflug zu den Flamingos und einen zu den Mangroven, tropischen Bäumen, die im warmen Wasser wuchsen. Früher hatten sowohl die Flamingos als auch die Mangroven in der Mitte der Insel gelebt. Man konnte beide an einem Ort besichtigen. Später hat man die Natur an die Nöte der Touristenindustrie angepasst, und die Flamingos wurden zur Südspitze der Insel gebracht, damit man zwei verschiedene Ausflüge verkaufen konnte. Den Flamingos war es im Großen und Ganzen egal, in welchem Teil der Insel sie auf einem Bein standen. Aber für die Reisebüros war es von großem Vorteil.

Wir hatten angeblich die halbe Nacht in der Poolbar an Deck gesessen. Der Himmel über uns, das Wasser, die Fische im Ozean, die Gläser auf den Tischen und wir selbst waren ziemlich blau. Es schien nur logisch, auf Curaçao blau zu sein. Die feuchte warme Luft der Karibik und das Überangebot an alkoholischen Getränken machten die Menschen auf dem Schiff locker und beinahe übertrieben höflich. Das Wasser, das uns umgab, war grenzenlos. Man konnte die Augen für eine Stunde schließen, und wenn man sie wieder aufmachte, hatte die Landschaft sich nicht verändert. Sogar die Kinder wurden ruhiger. Sie fragten ihre Eltern nicht ständig: »Wann sind wir endlich da?«, oder ähnlichen Quatsch. Selbst dem kleinsten Kind war klar, bei dieser Reise ging es nicht darum anzukommen. Wären ein paar Inseln auf unserer Route dazugekommen oder untergegangen, keiner hätte es bemerkt. Wir waren offen für jedes Abenteuer, bereit, jeden zu umarmen. Ob Flamingos oder Orang-Utans spielte keine Rolle.

Bonaire und seine Flamingos

Am nächsten Tag auf Bonaire verabredeten wir uns mit Carola und Holger, um zusammen ein Taxi an den Strand zu nehmen. Die Einheimischen fuhren uns mit einem Sammeltaxi für zwei Dollar fünfzig dorthin, neben uns saßen Salzburger und Bayern. Sie berichteten, bei ihnen in der Heimat liege schon Schnee und zwar nicht nur oben in den Bergen, sondern auch unten im Tal. Und hier hätten wir 35 Grad. »Da habt ihr aber Glück gehabt!«, sagten wir.

Unterwegs zum Strand fuhren wir an einer großen Pfütze vorbei, in deren Mitte ein Mangrovenbaum wuchs, vor dem zwei große Flamingos standen. »Bleiben Sie bitte kurz stehen«, rief Holger dem Taxifahrer zu. »Wir machen coole Fotos. Die anderen zahlen 79 Dollar 90, um Flamingos zu sehen, und hier stehen sie für umsonst!« Der freundliche Taxifahrer hielt an, und wir sprangen aus dem Auto und liefen zu den Vögeln. Beim Näherkommen erwiesen sich die Flamingos jedoch als unsere alten Freunde, die rosa bekleideten

Bonaire und seine Flamingos

Rentner Horst und seine Frau Elke. Sie hatten beschlossen, zu Fuß zum Strand zu gehen, und sich in der Pfütze verlaufen. Nun standen sie wie zwei große Vögel im Wasser. Wir nahmen sie natürlich mit.

Der Strand war im Reisekatalog als Schnorchelparadies beschrieben worden. Und tatsächlich, es wimmelte hier von schnorchelnden Menschen. Ich habe noch nie so viele Schnorchel auf so engem Raum gesehen. Alle zehn Minuten kamen neue Busse mit Schnorchlern von anderen Kreuzfahrtschiffen: Norweger und Amerikaner. Kaum dem Bus entstiegen plumpsten sie ins Wasser und schwammen zwei Meter vom Ufer weg. Manchmal verkeilte sich einer der Schnorchel in einem anderen, und die Menschen mussten auseinandergeschnorchelt werden. Ob sie dabei irgendwelche Fische sahen, blieb unklar.

Im Touristenführer stand, die Insel habe bloß zweitausend Einwohner – das waren weniger als Passagiere auf unserem Schiff. Wenn die Kreuzfahrer hier wahlberechtigt wären, könnten wir locker eine Mehrheit für die Grünen und die Tierschutzpartei gewinnen. Die Kreuzfahrer zeigten hohe Empathie für Tiere und Fische, fand Olga. Sie würden die überflüssigen Schnorchler von der Insel vertreiben und die Macht den Flamingos und blauen Fischen übergeben.

Das war natürlich Olgas Wunschdenken. In Wahrheit fand der Mensch für die Natur überall und immer eine

Verwendung. Egal ob Hurrikan, Erdbeben oder Dürre, er schnorchelte unbeirrt weiter jedem Fisch hinterher.

Zurück auf dem Schiff gerieten wir in das Frühschoppen-Programm mit bayerischer Küche: große Biere, Weißwürste, Brote mit Leberkäs. In der Karibik werden die Weißwürste übrigens nicht kalt, sie können den halben Tag im lauwarmen Wasser liegen.

Auf der Wettertafel stand die Wettervoraussage für den nächsten Tag: Auf Grenada sollten es 44 Grad werden.

Grenada, Lobster und Delphine

Wir trauten uns nicht aus der Kabine. Meine Frau postete auf Facebook: »Hey, draußen hat es angeblich 44 Grad!« Darunter kommentierte ein Nachbar aus Berlin, der gerade in der deutschen Hauptstadt fror: »Eure 44 und unsere zwei Grad zusammengenommen und auf alle gerecht verteilt, ergäben für jeden die richtige Temperatur.«

Die Welt ist ungerecht und doch gerecht, dachten wir. Auf der einen Seite der Erde froren die Menschen und trauten sich nicht nach draußen, auf der anderen Seite schwitzten sie und trauten sich ebenfalls nicht raus.

Gegen Mittag wagten wir uns endlich an Deck. Die Sonne stand hoch, und eine leichte Brise machte die Hitze erträglich. Es waren vielleicht 30, maximal 33, aber niemals

Grenada, Lobster und Delphine

44 Grad. »Ein Fehler im System«, erklärte uns der erste Unterhaltungsoffizier Martin. »Die Wetterprognose hat von ihrem Satelliten aus an der falschen Stelle die Temperatur gemessen. Wahrscheinlich in einem Vulkankrater.«

Viele Kreuzfahrer hatten für den Tag Ausflüge auf Grenada gebucht. Es wurden verschiedene Begegnungen mit der Natur angeboten: eine Reise mit dem Wassertaxi zu einer Stelle, wo Delphine anzutreffen waren, oder alternativ eine Busreise in die Berge auf eine Lobsterfarm mit anschließender Verkostung der Lobster, nach Art des Hauses in Rum eingelegt und gegrillt. Essen und Getränke waren im Preis inbegriffen. Bei den Delphinen stand allerdings unten im Programm klein gedruckt, die Begegnung mit ihnen sei nicht hundertprozentig zu garantieren. Die Begegnung mit dem Lobster war dagegen sicher. Bei der Wahl zwischen Lobster und Delphinen entschied sich die Mehrheit der Kreuzfahrer für die Lobster. »Ich esse keine Delphine«, kommentierte Siegfried knapp mit typisch kargem brandenburgischem Humor.

Außerdem stand als dritte Alternative eine Wanderung durch den Regenwald im Programm, zu einem Wasserfall, an dem man wie Tarzan an einer Liane schaukeln und ins Wasser springen konnte. Es wurden dafür festes Schuhwerk und Mückenspray zum Mitnehmen empfohlen.

Unsere bunte Brandenburger Truppe vom Mittagstisch teilte sich. Die einen Naturfetischisten wollten unbedingt

Die Karibikkreuzfahrt

die Lobster treffen, die anderen fuhren auf eigenes Risiko zu den Delphinen, Holger und Carola gingen in den Wald. Olga und ich fuhren einfach zum Strand – »dem schönsten Strand der Welt«, wie der Reisekatalog behauptete. Woher wollen die wissen, dass er der schönste ist?, fragten wir uns. Es musste irgendwo in Deutschland eine Expertentruppe geben, die die Welt von Strand zu Strand abklappert und Punkte vergab, je nachdem, wie weiß der Sand war, wie samtig das Wasser, wie schön die Korallen und wie freundlich die Einheimischen. Ein toller Job. Ich konnte mir ein solches Expertenleben gut vorstellen.

Am schönsten Strand der Welt wurde gerade eine Anlegestelle für Wassertaxen gebaut, Bohrungen wurden durchgeführt, es knallte laut, und ein Kran balancierte über den Köpfen der Badegäste Metallträger zur Baustelle. Trotzdem war der Strand voll. Engländer, Holländer, Deutsche, Amerikaner und Franzosen lagen nebeneinander im Sand. Zwischen ihnen liefen Einheimische in Dreiergruppen: Die einen vermieteten Sonnenschirme, die anderen waren für die Liegen zuständig, die dritten tippten gegen einen kleinen Aufpreis das streng geheime Passwort fürs Internet in die Smartphones der herumliegenden Gäste.

Ich nahm meinen Schnorchel und ging ins Meer. Unter Wasser herrschte absolute Ruhe. Die Fische waren wie bekifft, sie bewegten sich kaum. Man konnte sie mit Händen greifen. Plötzlich bewegte sich etwas Großes auf mich zu,

Grenada, Lobster und Delphine

machte kurz halt und fuchtelte heftig mit den Pfoten – eine Meeresschildkröte hatte direkt vor meiner Nase gebremst und schaute mir eindringlich in die Augen, als wollte sie sagen: »Was machst du denn hier, Junge? Hast du nichts Besseres zu tun?« Dann kackte sie und machte sich fort. Sie ruderte mit allen vieren und entfernte sich mit hoher Geschwindigkeit.

Ich konnte es lange nicht fassen, ich war sprachlos. Das Abenteuer war gelungen: Ich hatte eine Meeresschildkröte beim Kacken gesehen.

Die Geschichte dieser Insel war wie die aller anderen eine einzige Schlacht. Zuerst hatten wie überall die unfriedlichen Indianer die friedlichen beseitigt, dann kamen die Briten und machten die unfriedlichen Indianer friedlich kalt, die Franzosen vermöbelten die Briten, und die Holländer und Spanier mischten bei den Kämpfen natürlich ebenfalls mit. Alle europäischen Nationen hatten hier viel Blut fließen lassen, um den schönsten Strand der Welt für sich zu erobern. Jetzt lagen sie gut eingecremt und friedlich nebeneinander und wirkten überhaupt nicht aggressiv, sondern leicht beschwipst und angebraten.

Abends trafen wir die Delphingucker. Sie waren in der Hitze mit dem Wassertaxi zwei Stunden hin und her gefahren und hatten keine Säugetiere außer anderen Kreuzfahrern gesehen, obwohl ihre Begleiter immer wieder so getan hatten, als wären die Delphine gerade eben vorbeigeschwommen.

Die Karibikkreuzfahrt

Die Wanderer Holger und Carola kamen klatschnass und mit Schleim beschmiert aus dem Regenwald zurück. Holger war der Rucksack heruntergefallen, als er kurz seine Schnürsenkel neu binden wollte, und dabei natürlich in einem Ameisenhaufen gelandet. Er musste vom freundlichen einheimischen Reisebegleiter für fünf Dollar zurückgeholt werden. Da ein Unglück bekanntlich nicht allein kam, war Holger hundert Meter weiter ausgerutscht und an einer Stelle in den Wasserfall gefallen, wo es wenig Wasser und viel Schleim gab. Der freundliche einheimische Reisebegleiter wollte diesmal fünfzehn Dollar für die Rettung. Kaum waren unsere Freunde auf den Gedanken gekommen, dass sie möglicherweise extra auf den rutschigen Pfad gelockt worden waren, um die Kasse der freundlichen einheimischen Reisebegleiter aufzuhübschen, da rutschte auch noch Carola aus, blieb aber Gott sei Dank an einer Liane hängen. »Phantastische Natur«, war ihr Fazit, »aber sehr rutschig.« Und die Ameisen ließen sich aus dem Rucksack nicht mehr entfernen. »Im Großen und Ganzen war es vielleicht ein wenig zu abenteuerlich«, gestanden die beiden.

Unsere Lobstertouristen konnten von ihrer Reise dagegen nicht viel Aufregendes berichten. Sie waren bereits im Bus dermaßen mit Rum abgefüllt worden, dass die eigentliche Begegnung mit den Lobstern zur Nebensache wurde. Es wäre eine heitere Runde gewesen, die im Bus auch sehr schön gesungen habe: »Heute fährt die 18 bis nach Istanbul«

Grenada, Lobster und Delphine

und andere schwungvolle Lieder Die Reiseleiterin erzählte, sie habe zwei Jahre in Koblenz Kunstgeschichte studiert und könne daher so gut Deutsch. Auch sie hatte gesungen, ein karibisches Lied, und dazu im Bus ein Tänzchen gewagt. Ob sie nun einen Lobster gegessen hatten und wie er geschmeckt hatte, da konnten sich die Kreuzfahrer nicht einigen. Die einen sagten, er hätte nach Rum geschmeckt, die anderen wagten zu behaupten, Lobster hätte es gar nicht gegeben.

Ich fühlte mich wie der Held des Abends. Immerhin hatte ich kostenlos eine Schildkröte beim Kacken gesehen. Ich erzählte den anderen von dieser Begegnung, doch sie glaubten mir nicht.

* * *

Bei der Essensvergabe am Mittag vertauschten die philippinischen Köche permanent die Schilder mit den Namen der Gerichte. Manchmal reduzierten sie die Angaben aufs Wesentliche. Bei mehreren Gerichten stand schlicht und ergreifend »Fisch«. In der Grillecke, wo die Kreuzfahrer sich an den rohen Produkten selbst bedienen und ihre Teller an die Philippiner zum Grillen weitergeben konnten, entsprachen die Schilder eindeutig nicht dem Äußeren der Produkte. Beim weißen Fleisch stand nämlich »Lamm«, und unter den »Zwiebeln« lagen Bambussprossen auf dem Tablett. Die meisten Kreuzfahrer störte dieses Durcheinander nicht, sie hatten volles Vertrauen in die kulinarischen Künste der philippinischen Köche. Nur einige pingelige Urlauber wollten unbedingt die Wahrheit wissen.

»Was für ein Fisch ist das? Ist das ein Süßwasser- oder Salzwasserfisch?«

Die Köche antworteten knapp: »Das ist Seelachs«, sagten sie und lachten.

»Wo wurde der Seelachs denn gefangen? Ist das karibischer Seelachs aus der Region?«, hakten die Besserwisser nach.

»Es ist alles aus der Region«, nickten die Köche. »Große Region, viel Seelachs.«

»Und wieso steht bei Hühnchen auch Seelachs? Könnte es sein, dass der Seelachs in Wahrheit Schweinchen ist?«

Die Grillmeister ließen sich nicht von diesen Essenspedanten ärgern, sondern tauschten die Schilder einfach aus. Ein aufgebrachter Esser hielt sogar eine Rede an uns, als wir in der Schlange zur Grillstation standen.

»Wie können Sie etwas zu sich nehmen, von dem Sie nicht wissen, ob es Hühnchen oder Schweinchen ist?«, fragte der uns völlig unbekannte Kreuzfahrer. Bestimmt ein Wessi. Wir in der Schlange hatten darauf keine einheitliche Antwort.

»Ich mag beide Tiere«, sagte Beate und winkte ausschweifend mit dem Teller.

»Es kommt nicht auf die Tiere, sondern auf die Gewürze an!«, klärte Siegfried den Kreuzfahrer auf.

»Grenada ist eine Insel der Gewürze. Ein Drittel aller

Grenada, Lobster und Delphine

Muskatnüsse werden auf Grenada produziert«, lasen wir laut am Tisch das Infoblatt über die Insel vor. Es wäre interessant zu erfahren, wie viele Muskatnüsse die Welt insgesamt so brauchte, darüber stand dort aber nichts. Nach dem Essen gingen wir sofort von Bord, um ein paar Gewürze zu erhaschen. Wir brauchten nämlich Weihnachtsgeschenke. Wäre doch eine coole Idee, jedem Gast eine Muskatnuss vom karibischen Weihnachtsmann mitzubringen.

Die Insel schien genau der richtige Ort zu sein, um sich mit Weihnachtsgeschenken einzudecken. Die bildhübschen Frauen am Hafen verkauften Kakaobohnen, Muskat, Kokosnüsse, Ingwer und Curry. Die Luft roch süß nach verbranntem Hühnchen und Marihuana. Die Kakaobäume waren leicht zu finden, sie standen an jeder Straße. In der riesigen Kaufhalle suchte ich jedoch vergeblich nach einer Tafel Schokolade. Die Verkäuferin, die ich um Hilfe bat, wollte mich zuerst gar nicht verstehen. Dann überlegte sie heftig, was ich von ihr wollen könnte, und empfahl mir, beim »Snacks«-Regal zu gucken. Die Süßigkeiten lagen dort übereinandergestapelt, all die amerikanischen Energie- und Schokoriegel und die in Folie eingeschweißten Kekse vom Festland. Aber keine grenadinische Schokolade. Nur einige Frauen verkauften auf dem Markt große Brocken von unverarbeiteter Schokolade in Form von zusammengepresstem Kakaopulver. Ich kaufte dieses bittere Vergnügen.

»Russians?«, fragte uns der Wasserverkäufer auf dem

Die Karibikkreuzfahrt

Markt. Er lachte uns freundlich an, ein lebendes Beispiel dafür, dass man in der Karibik auch mit nur zwei Backenzähnen locker über die Runden kam.

»Yes, Russians«, bestätigte ich. »Russians from Berlin.«

»Putin is a very nice man«, nickte der Wasserverkäufer. »Really very nice man.«

»For me not so nice«, nuschelte ich zurück. Ich hatte den Mund voll mit bitterer Schokolade, die meine Zunge verklebte. Die politische Diskussion mit dem Einheimischen kam zum falschen Zeitpunkt. »Not so nice«, wiederholte ich nur.

»Why not?« Der Verkäufer wollte es genau wissen. »He is better as Trump!«

Ich schluckte. Die böse Ironie des Schicksals wollte es, dass ausgerechnet ein pensionierter Oberst der Staatssicherheit, dem diese Sicherheit mitsamt dem ganzen Staat entglitten war, die Rolle eines modernen Che Guevara eingenommen hatte und so tat, als würde er die breite Front gegen die Hegemonie des amerikanischen Imperialismus anführen, um unter anderem die armen Muskatnüssler vor dem Turbokapitalismus zu retten. In Russland bekamen Kleinkinder Schluckauf, wenn sie den Mann nur in der Glotze sahen. Seit zwanzig Jahren saß dieser »erfahrene Politiker« im Kreml, gab gerne Interviews, plauderte über Nichtigkeiten, und die Journalisten wussten, was sie ihn lieber nicht fragen sollten. Der Oberst hatte einen schlechten Charakter, war nachtragend und schadenfroh. Er redete gern über Heimatliebe,

Grenada, Lobster und Delphine

über Patriotismus, über die Bedeutung des Sports und über gesunde Ernährung. Die Journalisten stellten ihm am liebsten Fragen, die unserem Che Guevara gefielen: »Was essen Sie gerne zum Frühstück?«, fragten sie ihn jedes Mal. Putin sagte: »Brei.« Das ganze Land wusste seit zwanzig Jahren, er mochte Brei. Und Grütze.

Vor einiger Zeit besuchte er die älteste Menschenrechtlerin in Moskau, die gerade neunzig Jahre alt geworden war. Siebzig Jahre währte ihr Kampf nun schon, offenbar erfolglos. Der Oberst besuchte sie überraschend und medienwirksam in Begleitung eines Fernsehteams und gratulierte ihr zum Geburtstag. Eine Geste, die ihn als modernen, toleranten Politiker zeigen sollte, der selbst seine politischen Gegner würdigte. Die Frau war sehr überrascht, sie nahm verlegen den Blumenstrauß entgegen. Das Gespräch kam nicht wirklich voran. Worüber sollten sie auch reden?

»Was haben Sie denn heute zum Frühstück gegessen?«, fragte Putin die alte Frau. Diese antwortete, ohne mit der Wimper zu zucken: »Brei.« »Ich auch!«, freute sich der Präsident über so viel Gemeinsamkeit. An dieser Stelle hätte die Menschenrechtlerin nachhaken, ihn fragen können, wie lange er diesen Brei nun schon aß und wie lange er vorhatte, weiter am Brei zu sitzen. Aber das ersparte sie sich. Die Unterhaltung geriet recht kurz.

»Lieber Wasserverkäufer, was hast du denn heute zum Frühstück gegessen?«, wollte ich den Mann fragen. »Du musst dich nicht zwischen Pest und Cholera, zwischen Brei und Grütze, zwischen Trump und Putin entscheiden. Sie werden die Welt kein Stück besser, geschweige denn gerechter machen. Zum Teufel mit allen beiden! Alle Macht den Schildkröten!« Das wollte ich dem karibischen Mann sagen, aber die bittere Schokolade verklebte mir den Mund. Außerdem hätten meine Englischkenntnisse dafür nicht gereicht. »Not so nice man«, schüttelte ich nur den Kopf und kaufte ihm eine Flasche Wasser ab.

Abends auf dem Schiff erzählten mir die Cottbuser Kreuzfahrer, die einen Ausflug auf die Kakaoplantage gebucht hatten, sämtliche Kakaoplantagen auf der Insel befänden sich nicht etwa in staatlicher Hand, sondern gehörten – Überraschung, Überraschung – einem reichen Russen, der sich aber noch nie hier hatte blicken lassen. Die Einheimischen waren überzeugt, dass Putin persönlich hinter dem geheimnisvollen russischen Oligarchen steckte. Angeblich trank er gerne Kakao zu seinem Brei.

Die Papageien von St. Lucia

Von der Karibik aus gesehen war unser Planet zwischen den amerikanischen Imperialisten und ihren ehemaligen Widersachern, den KGB-Agenten a.D., aufgeteilt. Ab und zu kamen ihnen die Chinesen dazwischen. In der Karibik

Die Papageien von St. Lucia

hatte ich die chinesischen Touristen schon gesehen, allerdings ohne Schiff. Doch angeblich wurden in China bereits erste Kreuzfahrtschiffe gebaut, die größer sein sollten, als Amerikaner und Europäer sie sich jemals erträumt hatten. Die Schildkröten würden bestimmt komisch aus der Wäsche gucken, wenn eines Tages ein chinesisches Schiff die erste Million Kreuzfahrer auf sie losließ.

Wie sollten sich so viele Menschen überhaupt auf diesen Inseln bewegen? Die meisten Straßen hier hatten keinen Bürgersteig, die Verkehrsregeln waren undurchsichtig, und überall stand man im Stau. Die großen amerikanischen Autos, die hier gefahren wurden, waren vielleicht für Kalifornien geeignet, die Menschen der Karibik waren mit diesen Fahrzeugen jedoch maßlos überfordert. Sie hupten die ganze Zeit, stiegen aus und wieder ein, fuhren mit offenen Türen und waren nicht angeschnallt, damit sie besser miteinander gestikulieren konnten. Manchmal mussten sie rückwärts durch die ganze Stadt fahren, aber egal, wie sie sich anstrengten, sie kamen einfach nicht voran.

Die Städte waren klein, die Straßen eng, es gab kaum Wendemöglichkeiten. Mal hatten sie Links-, mal Rechtsverkehr, je nachdem in welcher Reihenfolge und von wem sie zuerst kolonisiert worden waren. Die einzige Möglichkeit vorwärtszukommen war der Linienbus. Mit ihm zu fahren war eine Attraktion ohnegleichen. Der Bus kannte keinen Fahrplan, er flog mit hoher Geschwindigkeit über die

Die Karibikkreuzfahrt

Straßen, und der Mann am Lenkrad, wahrscheinlich ein gescheiterter Formel-1-Fahrer, beschleunigte in den Kurven, bis die Passagiere waagerecht im Bus hingen. Die Türen hielt er immer offen, mit lautem Hupen verkündete er sein Kommen und sammelte Passagiere überall ein, wo sie gerade saßen und standen. Die Fahrt kostete einen Dollar, dafür wurden die Passagiere auch mit einem Musikprogramm unterhalten. In ohrenbetäubender Lautstärke kam aus den Boxen der karibische Rap, »Kerimi«, eine höchst explosive Mischung aus Verzweiflung und Lebensfreude.

Wer einmal mit einem karibischen Bus gefahren ist, muss sich um Flugangst keine Sorgen mehr machen. Sehr schöne Menschen – Männer, Frauen, Kinder – saßen nachdenklich im Schatten vor dem Markt auf Plastikstühlen, die sie wahrscheinlich immer mit sich schleppten. Sie saßen aber auch schweigend in Wartestellung auf Steinen am Wegesrand oder einfach auf der Erde und schauten aufmerksam in die gleiche Richtung: zum Horizont, wo allerdings nichts war. Zuerst dachte ich, sie seien bekifft. Es roch hier überall nach Marihuana. In Wahrheit warteten sie auf den Bus, ihren Höllenbus, der sie abholen und am besten weit weg von der Insel fahren sollte. Der Bus holte sie auch ab und fuhr auch schnell, aber nur im Kreis. Gut, dachten die Wartenden, der hat es nicht gebracht. Dann warten wir halt auf den nächsten. Und sie reichten einander dezent den Joint.

Die Papageien von St. Lucia

Als geschichtsinteressierter Mensch versuchte ich herauszufinden, ob es die Holländer waren, die den Einheimischen das Kiffen beigebracht hatten, oder ob umgekehrt die Einheimischen die Holländer beeinflusst hatten. Meine Recherchen blieben jedoch ergebnislos. Es scheint ein wechselseitiger Austausch der Kulturen und Religionen stattgefunden zu haben. Das Kiffen unter der Palme hat sich hier zu einer gutbürgerlichen Tradition entwickelt. Sehr schön fand ich einen Priester, der in einem langen schwarzen Kleid mit weißem Kragen und mit einem Joint vor der Kirche stand. Ebenso die kiffenden Kunden vor einem Bankhaus – vielleicht waren es auch Bankangestellte in ihrer Mittagspause.

Die meisten Häuser auf den karibischen Inseln waren Baustellen. Die einzig prachtvollen Bauten hier waren Banken und Kirchen. Was das genau für Kirchen waren, konnten wir jedoch nicht herausfinden. Danach gefragt sagten die Einheimischen nur: »This is our church.« Was für eine »church« genau das sein sollte, wollten sie uns nicht sagen. Angeblich waren hier fast achtzig Prozent der Bevölkerung protestantisch, die letzte Kehrwoche lag aber erkennbar schon ein paar Jahrhunderte zurück. Die schöne Kirche direkt am Strand von St. Lucia war auf jeden Fall katholisch. Es war ein Samstag, und festlich gekleidete Menschen versammelten sich vor dem Eingang, um sich in die Schlange zur Beichte einzureihen.

Katholiken haben es gut. Sie können all ihre vergangenen, geplanten und nicht gelungenen Sünden am Wochenende

Die Karibikkreuzfahrt

wieder wettmachen, einen Rum auf sie trinken, einen Joint rauchen und dann ab ins Wasser. Direkt vor der Kirche wuchs ein mächtiger Baum. In seinem Schatten bückte sich ein Katholik im hellen Anzug mit rosafarbener Fliege. Er hielt sich mit beiden Händen an dem Baum fest und starrte vor sich hin. Nach dem Zustand seiner Pupillen zu urteilen hatte der Katholik die Abfolge durcheinandergebracht und sich bereits am frühen Morgen einen verdammt guten Stoff reingezogen. Nun war er zwischen Beichtstuhl und Strand hängengeblieben. Er versuchte, von schräg links in die Kirche zu gelangen, kam aber nicht durch die Tür. Er machte zwei Schritte Richtung Wasser und versuchte gleichzeitig, die Fliege von seinem Hemd zu lösen. Es gelang nicht. Das deutete der Katholik als Zeichen Gottes und kehrte zur Kirche zurück. Dort war die Tür aber eindeutig zu schmal für ihn. Wie ein Kamel im Nadelöhr blieb er in seinem Dilemma stecken.

Wir, die Ungläubigen in Badehosen, saßen im Sand und schlossen Wetten auf den guten Katholiken ab.

»Er schafft es«, bestand Hubert.

»Er schafft es nicht!«, schüttelte Siegfried den Kopf.

Bei genauerer Betrachtung stellte meine Frau fest, dass der Baum, den der Katholik auf seinen Irrwegen immer wieder umarmte, gar keine Palme, sondern ein Ficus war, ein wunderschöner Spießerficus, wie er bei uns zu Hause in Berlin in der Küche stand, nur in XXL-Größe – zehn Meter hoch und mit lauten verschiedenfarbigen Papageien darauf.

Die Papageien von St. Lucia

Der Strand vor der Kirche war wild, vermüllt, ohne Liegen und Sonnenschirme. Keine Touristengruppen und keine AIDA-Badetücher weit und breit. Er verzauberte uns. Es waren nur ein paar Einheimische da, die aus der Kirche kamen und nun mit gereinigter Seele an dem schmutzigen Strand saßen. Uns betrachteten sie schräg von der Seite. Wir, die Kreuzfahrer, gehörten nicht hierher. Wir sollten auf der anderen Seite der Insel liegen, unter Sonnenschirmen und mit Cocktails in der Hand und nicht mit den Einheimischen unter dem Ficus. Wir waren nicht ihre Mitmenschen, sondern ihre Arbeit. Tag für Tag, die ganze Woche, waren sie damit beschäftigt, die verfluchten Kreuzfahrer mit Massenglück von der Stange zu versorgen: Getränk, Schirm, Souvenir, Liegestuhl, Muskatnuss, auf Wiedersehen! An ihrem freien Tag hatten sie endlich ein Stückchen Glück für sich, auf ihrem eigenen, von Gott gesegneten Strand neben der Kirche. Und was sahen sie da? Siegfried, Holger, Beate, Carola, Olga und Wladimir.

Wir waren Fremde an diesem Ort, wir gehörten hier nicht her und wurden komisch beäugt. Nachdem Holger jedoch den einheimischen Kindern seinen Schnorchel ausgeliehen hatte und wir uns mit einer großen Familie über Kindererziehung ausgetauscht hatten, tolerierten sie uns. Junge Menschen in Schuluniform und mit Bierflaschen in der Hand tanzten am Wasser, Mütterchen entzündeten den Grill unter einem anderen, noch größeren Ficus, und der bekiffte Katholik schaffte es doch noch fast bis ans Wasser.

Die Karibikkreuzfahrt

Er legte sich in ein kaputtes, verrostetes Boot auf den Rücken und starrte den Himmel an.

Ich ging baden. Unter Wasser lagen hier unzählige Schätze: Korallen in allen Formen und Variationen, leere Flaschen, Stacheldraht, kaputte Netze, Plastiktüten und Pappkartons, in denen Fische, Krabben und Seeaale in sämtlichen Farben des Regenbogens wühlten. Es war der schmutzigste und fröhlichste Strand meines Lebens.

Kurz vor dem Ende der Abendmahlzeit kehrten wir zurück aufs Schiff. Der gastronomische Themenabend »Afrika« war erfolgreich aufgegessen worden, die meisten Schüsseln waren bereits leer. Hier und da ragten noch einzelne Knöchelchen aus dem Reis. Anscheinend hatte Afrika den Kreuzfahrern gut geschmeckt. Nun saßen sie an Deck und sahen sich auf der großen Leinwand einen extra für sie zusammengeschnittenen Film an: »Unvergessliche Urlaubsmomente«.

Wir nahmen die Reste Afrikas auf unsere Teller und gossen einander Wein ein.

»Ich verstehe den Grund für die karibische Armut nicht«, regte sich Siegfried auf. »Bei diesem Wetter, bei solch wunderbaren natürlichen Bedingungen, diesen Stränden und Zuckerrohrplantagen müssten die Menschen doch in Saus und Braus leben. Sie müssten alle Millionäre sein! Man könnte hier so viel machen. Wo sind die tollen Hotels und die Promenaden, wo sind die Restaurants und Cafés? Wo sind die Clubs? Die Seilbahnen und Disneylands? Und wo

Die Affen von Barbados

sind letzten Endes die Investoren? Die Armut der Menschen hier ist unerklärlich.«

»Armut? Du hast Indien noch nicht gesehen!«, erwiderte Holger. »Und Vietnam!«

»Und Afrika erst recht nicht«, sagte Beate und biss ein Stückchen vom afrikanischen Hühnchen ab. »Manchmal frage ich mich«, fuhr sie fort, »ob wir möglicherweise eine Mitschuld daran haben, dass diese Menschen so arm sind. Vielleicht haben wir ihre Entwicklung irgendwie gebremst? Aber ich kann beim besten Willen keine Schuld bei mir erkennen. Ich lehne es ab. Ich glaube auch nicht, dass wir die besseren Menschen sind und schneller lernen als die anderen. Ich glaube, wir haben einfach nur Glück gehabt«, sagte Beate nachdenklich.

»Da hab'n wir wieder mal Glück gehabt«, tönte es aus den Lautsprechern, »da hab'n wir wieder mal Glück gehabt, da war schon wieder fast Schicht im Schacht, da hab'n wir wieder mal Glück gehabt!«, sangen die Schwarzwälder Kirschtorten ihren Schlagerhit der Saison.

Die Affen von Barbados

Am nächsten Tag auf Barbados musste die Hälfte der Passagiere das Schiff verlassen. Mit hundert Bussen wurden sie zum Flughafen gebracht, um von dort zurück nach München, Stuttgart oder Köln zu fliegen.

Die Karibikkreuzfahrt

»Ich hasse diese Abreisetage«, schimpfte Holger. »Nachts die Koffer packen und vor die Tür stellen, die Identitätskontrolle, die Kofferanerkennung, der Sicherheitscheck und dann das ewige Warten auf den Bus.«

Es legten gleichzeitig fünf große Kreuzfahrtschiffe auf Barbados an, es war schlimmer als Hurrikan Katrina. Die ganze Infrastruktur des Hafens brach zusammen. Tausende von Menschen mussten mit Bussen zum Flughafen gefahren werden, Tausende von neuen kamen an, um ihre Kreuzfahrt hier zu beginnen, andere wollten die grünen Affen sehen oder zum Schnorcheln fahren. Eine wahre Karibikkrise war ausgebrochen. Nur die Taxifahrer blickten ruhig in die Menge, sie schienen keine Angst vor dem Massentourismus zu haben. Entschlossen packten sie die Menschen mit ihren Koffern, Schnorcheln und Rucksäcken in die Autos. Ob sie zu den Affen oder zum Flughafen wollten, schien hier bedeutungslos zu sein.

In einem solchen Taxi auf Barbados hatte ich die idiotischste Unterhaltung meines Lebens. Wir – insgesamt acht Personen in einem Siebensitzer mit einem schwarzen Mann im Kofferraum, der so etwas wie unser Reiseleiter war – fuhren irgendwohin. Holger und Carola, die gut Englisch konnten, waren bereits abgereist. Im Laufe der Fahrt hatten wir festgestellt, dass Siegfrieds Englisch von den Einheimischen eindeutig abgelehnt wurde. Also musste ich verhandeln. Laut unseren Informationen sollte

Die Affen von Barbados

es auf Barbados überall grüne Affen geben, sehr niedlich und menschenlieb. Die grünen Affen waren von schwarzen Sklaven auf die Insel eingeschleppt worden, welche wiederum von weißen Kriegern eingeschleppt worden waren. Auf der Karte, die wir von der Touristeninformation bekommen hatten, waren die Orte gekennzeichnet, wo sich die Affen am liebsten versammelten. Je nachdem, wie groß die Population war, waren die Stellen mit einem, zwei, drei oder fünf Äffchen markiert.

Wir wollten nicht zu weit fahren, wir hatten nämlich wegen der Trinkerei am Vorabend schon das Frühstück verschlafen und wollten mittags pünktlich auf dem Schiff zurück sein. Also wählten wir auf der Karte einen Ort namens Harrison's Cave, der nicht weit vom Hafen entfernt und mit zwei Äffchen gekennzeichnet war. Die anderen vier Passagiere in unserem Taxi mussten zum Flughafen auf der anderen Seite der Insel. Der Reiseleiter im Kofferraum behauptete, auch am Flughafen gäbe es Affen. Wir sollten also ruhig sitzen bleiben und seine Reiseroute nicht durcheinanderbringen. Immerhin hatte er uns für einen Freundschaftspreis von fünf Dollar mitgenommen.

Es mochte ja sein, dass es auch am Flughafen Affen gab, bemühte ich mein holpriges Englisch, aber so weit wollten wir gar nicht fahren. Wir wollten zu Harrison's Cave. Der Reiseleiter schüttelte den Kopf, so entschieden es nur ging.

»Es gibt keine Affen bei Harrison's Cave«, sagte er.

Die Karibikkreuzfahrt

»Es muss aber welche geben«, zeigte ich ihm die Karte. »Der Ort ist mit zwei Äffchen gekennzeichnet.«

»Genau das meine ich«, lachte der Reiseleiter. »Da kannst du nur zwei Affen sehen. Mein Schwager und sein Freund arbeiten dort an der Schranke.« Wenn wir so faule Touristen seien, hätten wir auch gleich auf dem Schiff bleiben können, selbst auf unserer AIDA würden wir mehr grüne Affen sehen als in Harrison's Cave, wütete er.

Der lustige Taxifahrer überredete uns, zwanzig Kilometer weiter zu fahren. Dort, neben dem Flughafen in einem Reservat, klauten die Affen Siegfried sagenhaft schnell seine Sonnenbrille. Wir entließen den Taxifahrer – das Mittagessen hatten wir ohnehin verpasst – und gingen zu Fuß die Insel erkunden. Unterwegs verliefen wir uns und mussten um den ganzen Flughafen herumgehen. Am Himmel waren Möwen und kleine Flugzeuge zu sehen. Wir folgten den Möwen und landeten am Wasser, an einem der unzähligen Strände mit Ficus, die wir auf der Reise gesehen hatten. Dort im Schatten des Ficus verbrachten wir den Nachmittag und beobachteten, wie ein großer weißer Vogel sehr elegant kleine Fische aus dem Wasser pickte.

Abends fand eine Silent-Pool-Party an Deck statt. Alle Kreuzfahrer bekamen Kopfhörer mit drei Musikkanälen, drei DJs legten gleichzeitig unterschiedliche Songs auf, und die Kopfhörerträger konnten sich entscheiden, zu welcher Musik sie tanzen und mitsingen wollten. Je nachdem, welchen Kanal sie gewählt hatten, leuchteten ihre Ohren rot, grün oder blau.

Auf uns Passagiere ohne Kopfhörer wirkte die Silent-Pool-Party äußerst ulkig. In absoluter Stille torkelten Hunderte Menschen an Deck hin und her und schrien einander an.

»Heute fährt die 18 bis nach Istanbul, Istanbul, Istanbul«, schrien die roten Ohren.

»Highway to Hell«, konterten die Blauen zurück.

* * *

Mit Guadeloupe erreichten wir endlich ein Stück karibische EU. Hier konnten wir ohne Aufpreis mit Müttern und Kindern in Berlin telefonieren. Die Insel gehörte noch immer zu Frankreich, war dadurch ein Teil Europas und wurde von uns mit Begeisterung als ein Stück Heimat fern von zu Hause wahrgenommen. Die Guadeloupaner redeten einander mit »Madame« und »Monsieur« an, kleine Tischchen standen auf dem Gehsteig, gemütliche Cafés boten frisch gebackene Croissants an. Man konnte im Schatten sitzen, Kaffee trinken und in Euros bezahlen. Die anderen Inseln auf unserer Reise hatten keinen derartigen Luxus geboten. Ihre Städte hatten nicht einmal Gehsteige, von Cafés mit Tischchen draußen ganz zu schweigen.

Die Errungenschaften der europäischen Lebensweise waren auf Guadeloupe gut zu sehen: Müllabfuhr, Kreisverkehr, Behindertentoiletten – und auch zahntechnisch war die Bevölkerung der Insel deutlich besser ausgerüstet als ihre Inselnachbarn, die nicht zur EU gehörten.

»Da hab'n sie hier aber Glück gehabt«, meinten die Kreuzfahrer am Strand. »Die anderen Inseln sollten sich auch bei uns bewerben. Wir machen vielleicht noch eine karibisch-europäische Union auf. Ein Europa der drei Geschwindigkeiten: ein Vollgas-Europa, ein halb volles und noch ein ganz entspanntes, langsames, karibisches.«

Das traumhafte Guadeloupe hat uns verzaubert, beinahe hätten wir unser Schiff aus den Augen verloren. Zum Glück war die Architektur in der Karibik gütig zu den Kreuzfahrern. Kein Haus durfte höher sein als das Schiff. Man konnte es eigentlich nie verfehlen.

Mit Ziegen und Rochen auf Antigua

Für Antigua, unsere letzte Insel, hatten alle unsere Freunde Ausflüge gebucht. Die rosaroten Rentner schrieben sich für eine Kajaktour ein, Beate und Siegfried hatten für acht Uhr früh Rochenreiten im Programm.

»Fasst den Rochen nicht mit beiden Händen an«, rieten wir ihnen, »sonst leuchtet ihr noch in Brandenburg wie die Glühbirnen.«

Wir fuhren zum Strand, suchten uns eine Bar im Schatten und beobachteten die Ziegen, die ebenfalls im Schatten überall

Mit Ziegen und Rochen auf Antigua

auf Antigua weideten. Während der Fahrt zum Strand überquerten immer wieder welche die Straße und sorgten für Staus.

»Ziegen sind unsere Lieblingstiere«, erklärte die freundliche Barkeeperin am Strand. »Wir lieben sie.«

Ich hatte bereits die Speisekarte gelesen und nickte wissend. Die Liebe der Insulaner zur Ziege war unübersehbar. Jedes zweite Gericht hieß hier »Ziegenkopfeintopf« oder so ähnlich.

»Und wo kommt ihr her?«, fragte die freundliche Barkeeperin uns. »From Germany? Gibt es bei euch auch Ziegen?«

»Ja«, sagte ich und dachte unfreiwillig an ehemalige Nachbarn, Frau Kunze und ihre Tochter Melanie. »Aber sie sind nicht so schön wie bei euch. Wir haben mehr Kühe als Ziegen.«

Nun nickte die Barkeeperin verständnisvoll. »Yes, Kühe sind sehr gute Tiere. Sie sind groß und fett, wir lieben Kühe«, meinte sie.

»Wir lieben sie auch!«, bestätigten wir. Dieses verdammte Plastikenglisch ging uns auf den Sack.

Die Rochenreiter waren zurück, fanden uns am Strand und strahlten begeistert. Auf einer Rochenfarm waren die Kreuzfahrer bis zur Brust ins Wasser geführt worden, und jeder hatte einen Korb mit lebenden Tintenfischen in die Hand bekommen. Die hungrigen Rochen schwammen auf sie zu und fraßen den Kreuzfahrern aus der Hand. Manchmal saugten sie sich auch an dem einen oder anderen fest, dann

Die Karibikkreuzfahrt

musste der ihn mit einem lauten »Blubb« wieder abziehen. Beate meinte, von allen einheimischen Lebewesen habe sie die Begegnung mit den Rochen am stärksten berührt. Sie konnte sie kitzeln und streicheln, ihre Haut fühlte sich wie samtiges Leder an.

Nachts schaukelte unser Schiff heftig. Ich träumte von Kühen, die in meinem Traum sehr langsam Unter den Linden entlang Richtung Brandenburger Tor gingen und muhten. Die Straßenbahnfahrer klingelten und klingelten, sie waren kurz vor dem Durchdrehen. Ich wachte auf, es klingelte tatsächlich. Eine freundliche Stimme sagte, wir sollten bitte schön die Kajüte morgen vor 9.00 Uhr verlassen und unsere Koffer bereits heute in den Korridor stellen.

Es war unser letzter Tag in der Karibik.

Epilog

Am Abend vor unserer Abreise saßen wir an Deck, tranken auf die Heimat und gaben mit den Weihnachtsgeschenken an, die wir auf den karibischen Inseln gekauft hatten: Muskatnüsse, Kokosnüsse, Schokobomben. Das ganze Schiff roch nach Gewürzen. Unterhaltungsoffizier Martin verlas eine Zwischenmeldung über die vollbrachten Leistungen der Passagiere. »Wir haben sage und schreibe 50 000 Liter Bier getrunken!«, rief er ins Mikrofon.

»Eine sagenhafte Leistung! Hurra!«, jubelte die Menge.

»Kann man auf Sachalin eigentlich schnorcheln?«, fragte Beate meine Frau.

»Kann man schon, wenn man ein Eisbär ist«, antwortete Olga diplomatisch ausweichend.

»50 000 Liter Bier! Das muss man erst mal können!« Martin gab keine Ruhe.

»Und ich habe keinen einzigen davon getrunken«, atmete Beate aus. »Ich trinke überhaupt kein Bier.«

* * *

La Romana ist eigentlich nur ein kleines Dorf in der Dominikanischen Republik und liegt direkt neben dem Flughafen. Es hat keine Sehenswürdigkeiten, nur eine kleine

Epilog

Einkaufspassage für Touristen, wo sie noch schnell die letzten fehlenden Weihnachtsgeschenke kaufen können. Vor dieser Einkaufspassage hatte ein Fotograf einen Affen an einen Plastikstuhl gebunden. Das Tier war gut dressiert, es hatte vielleicht früher im Zirkus gearbeitet. Es vollführte gekonnt einen Kopfstand auf dem Stuhl. Die Kreuzfahrer, die schon von Bord gegangen waren, aber noch fünf Minuten Zeit vor dem Bustransfer zum Flughafen hatten, machten sich große Sorgen um den Affen. Meiner Frau brach er fast das Herz. Als der Fotograf kurz auf die Toilette ging, sprang Olga sofort zu dem Stuhl und band den Affen los. »Lauf, lauf schnell!«, rief sie. Doch der Affe hatte nicht vor, irgendwohin zu laufen. Er blieb auf seinem Stuhl sitzen und machte weiter komische Grimassen. Als der Fotograf vom Klo zurückkam, bemerkte er gar nicht, dass sein Affe nicht mehr angebunden war.

Wir, die Kreuzfahrer, beobachteten dieses kleine Drama aus der Ferne und fühlten uns durchaus mit dem Affen solidarisch. Auch unser Zirkus war längst geschlossen, die Zuschauer waren schon vor Jahren nach Hause gegangen, unsere Käfige waren auf, wir hatten frei. Doch wir spielten weiter, sprangen hin und her und rüttelten an den Gittern.

Stößchen!

Autor

absolvierte eine Ausbildung zum Toningenieur für Theater und Rundfunk und studierte anschließend Dramaturgie am Moskauer Theaterinstitut. Seit 1990 lebt er mit seiner Frau und seinen beiden Kindern in Berlin. Mit seiner Erzählsammlung »Russendisko« sowie zahlreichen weiteren Büchern avancierte er zu einem der beliebtesten und gefragtesten Autoren Deutschlands. Alle seine Bücher gibt es als Hörbuch, von ihm selbst gelesen.
Mehr Informationen zum Autor unter:
www.wladimirkaminer.de

Von Wladimir Kaminer lieferbar:
Russendisko. Erzählungen • Militärmusik. Roman • Schönhauser Allee. Erzählungen • Die Reise nach Trulala. Erzählungen • Mein deutsches Dschungelbuch. Erzählungen • Ich mache mir Sorgen, Mama. Erzählungen • Karaoke. Erzählungen • Küche totalitär – Das Kochbuch des Sozialismus. Erzählungen • Ich bin kein Berliner – Ein Reiseführer für faule Touristen. Erzählungen • Mein Leben im Schrebergarten. Erzählungen • Salve Papa. Erzählungen • Es gab keinen Sex im Sozialismus. Erzählungen • Meine russischen Nachbarn. Erzählungen • Meine kaukasische Schwiegermutter. Erzählungen • Liebesgrüße aus Deutschland. Erzählungen • Onkel Wanja kommt – Eine Reise durch die Nacht. Erzählungen • Diesseits von Eden – Neues aus dem Garten. Erzählungen • Coole Eltern leben länger. Geschichten vom Erwachsenwerden • Das Leben ist keine Kunst – Geschichten von Künstlerpech und Lebenskünstlern • Meine Mutter, ihre Katze und der Staubsauger – Ein Unruhestand in 33 Geschichten • Goodbye, Moskau – Betrachtungen über Russland • Einige Dinge, die ich über meine Frau weiß. Erzählungen • Ausgerechnet Deutschland. Geschichten unserer neuen Nachbarn • Die Kreuzfahrer. Eine Reise in vier Kapiteln • Liebeserklärungen. Erzählungen • Tolstois Bart und Tschechows Schuhe. Streifzüge durch die russische Literatur

Sämtliche Titel auch als E-Book erhältlich

Unsere Leseempfehlung

256 Seiten
Auch als Hörbuch
und E-Book
erhältlich

Mit ihren 84 Jahren erlebt Wladimir Kaminers Mutter mehr Abenteuer als alle anderen Familienmitglieder – ob beim Englischlernen, beim Verreisen oder beim Einsatz hypermoderner Haushaltsgeräte. Dabei sammelt sie eine Menge Erfahrungen, die sie an ihren Sohn weiterreichen möchte. Schließlich ist der mittlerweile in einem Alter, in dem er gute Ratschläge zu schätzen weiß. Wladimir folgt den Eskapaden seiner Mutter daher mit großem Interesse, immer darauf vorbereitet, etwas zu lernen. Und sei es nur, sich nicht von einer sprechenden Uhr terrorisieren zu lassen ...

www.goldmann-verlag.de
www.facebook.com/goldmannverlag

GOLDMANN
Lesen erleben

Unsere Leseempfehlung

304 Seiten
Auch als E-Book
erhältlich

Wenn aus Kindern langsam Teenager werden, beginnt für viele Eltern ein Albtraum namens Pubertät. Das muss nicht sein! Wladimir Kaminer und seine Familie stürzen sich munter in dieses Abenteuer aus Facebook-Partys, unsichtbaren Schnurrbärten, Liebeskummer und der Frage, ob man das Haus in einer zerschnittenen Jeans verlassen darf, die kaum noch als Rock durchgehen würde. Die Rebellion im Kinderzimmer ist ohnehin nicht aufzuhalten. Am besten wappnet man sich also mit Gelassenheit und lässt die Kinder auch einfach mal in Ruhe vor sich hin reifen …

www.goldmann-verlag.de
www.facebook.com/goldmannverlag